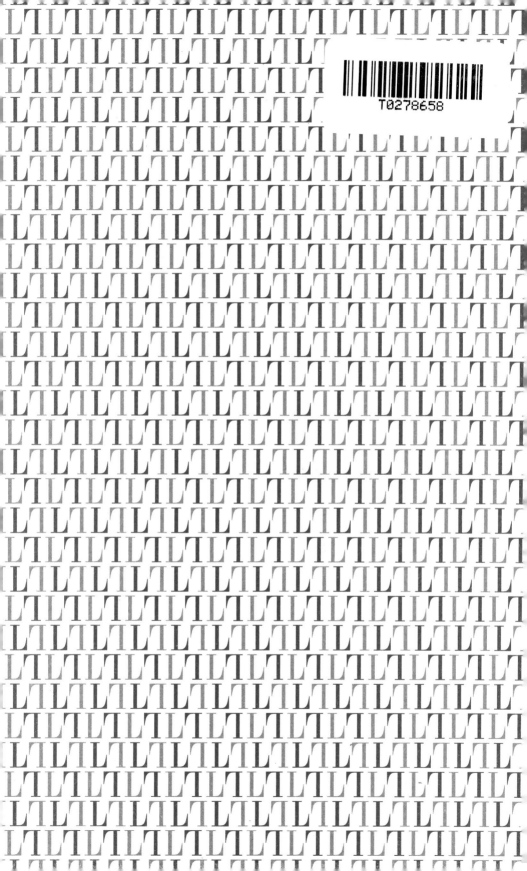

T0278658

Nada más ilusorio

Nada más ilusorio

Marta Pérez-Carbonell

Lumen

narrativa

Papel certificado por el Forest Stewardship Council®

MIXTO
Papel | Apoyando la
silvicultura responsable
FSC® C117695

Penguin
Random House
Grupo Editorial

Primera edición: junio de 2024

© 2024, Marta Pérez-Carbonell
Autora representada por The Ella Sher Literary Agency
www.ellasher.com
© 2024, Penguin Random House Grupo Editorial, S. A. U.
Travessera de Gràcia, 47-49. 08021 Barcelona

Printed in Spain – Impreso en España

ISBN: 978-84-264-3093-9
Depósito legal: B-7.082-2024

Compuesto en M. I. Maquetación, S. L.
Impreso en Egedsa (Sabadell, Barcelona)

H 4 3 0 9 3 9

A Andrés, que creyó en esta historia
mucho antes de que existiera,
y a todos los que buscan cobijo en la lectura.

Pasarán estos días como pasan
todos los días malos de la vida
Amainarán los vientos que te arrasan
Se estancará la sangre de tu herida

El alma errante volverá a su nido
Lo que ayer se perdió será encontrado
El sol será sin mancha concebido
y saldrá nuevamente en tu costado

Y dirás frente al mar: ¿Cómo he podido
anegado sin brújula y perdido
llegar a puerto con las velas rotas?

Y una voz te dirá: ¿Que no lo sabes?
El mismo viento que rompió tus naves
es el que hace volar a las gaviotas.

OSCAR HAHN

Oui, tout le récit était fait de choses qui se répondaient.
Le commencement créait une situation qui se dénouait
à la fin avec les éléments du commencement.
Donc la fin répétait le commencement
et le commencement permettait déjà de concevoir la fin.

[Sí, todo el relato estaba hecho de cosas que se
    correspondían.
El principio creaba una situación que se resolvía
al final con los elementos del principio.
Por consiguiente, el final repetía el principio
y el principio permitía concebir el final].

JEAN-PAUL SARTRE

Los numerales chinos distinguen entre dos tipos de cero, que son, en realidad, dos tipos de nada: una es la nada absoluta, la que supongo que da forma a los confines del universo, donde no ha existido nunca partícula alguna; la otra se representa con el carácter *ling* 零, que denota el rastro rezagado de lo que quedó atrás, como la humedad suspendida en la atmósfera después de una tormenta. Una ausencia definida por la traza de lo que fue y estuvo.

En aquellos días estáticos, todo era *ling*; un hueco donde hubo algo. Pero este no es un relato sobre el tiempo de quietud, sino la historia de una larga noche.

Para cuando me ofrecieron el trabajo en Londres ya había pasado lo peor, y en ese momento me encontraba en Atocha. En aquellos primeros días del verano de 2020, caminar era un juguete recién estrenado del que no parecía que fuésemos a cansarnos. Deambulaba sin rumbo a diario, y a menudo llegaba a Moncloa, a Atocha, a Príncipe Pío. Las estaciones acogían todo el movimiento que nos había faltado: corrientes de turistas, pasajeros que llegan tarde, camareros que llevan cafés; incluso en el estanque central las tortugas de Atocha subían a las rocas y saltaban al agua. Desde el banco en el que me había sentado podía verlas, lentas y jurásicas, unas en remojo y otras secándose al sol. Se me acercó un hombre con una amplia sonrisa y un carrito repleto de folletos. Me había estado observando, dijo mientras me extendía un tríptico con una fotografía de un grupo de niños. Los críos estaban rodeados de palomas blancas en una pradera y alzaban la vista a un cielo nublado por el que se entreveía un rayo de luz. Le dirigí una mirada que en realidad fue una pregunta y me señaló el texto del folleto: «Que es la vida». Sin tilde y con tipografía de Telepizza. Me anunció con la convicción de los místicos que estaba allí para salvarme. Le agradecí sus buenas intenciones, pero no, gracias, yo ya me había salvado, y también él y todos los que estábamos en Atocha ese día. Me miró con desconcierto y aproveché un anuncio de megafonía para levantarme y sacar el teléfono. Abrí instintivamente el e-mail: me ofrecían el trabajo en Londres. Distanciarme del místico en ese momento fue alejarme de Madrid. Podría haberme levantado sin más, pero salir de Atocha e irme del país fue todo uno.

A veces, decisiones como terminar una comida con postre o café (o acompañarla de pan blanco o integral) llevan más tiempo que las que implican un cambio de vida. Me pregunté entre qué y qué elegiría el iluminado, con su folleto de pizzería delirante. Ante dos opciones, ¿no elegíamos siempre lanzarnos a la rueda del movimiento? Un grupo de americanas arrastraba pesadas maletas, turistas giraban sobre sí mismos con el teléfono a modo de antena, riadas de personas seguían a ciegas a un paraguas. El movimiento siempre nos alcanza.

Con el nuevo puesto de WorldTrans trabajaba principalmente en la sede de Londres, pero tenía que pasar una semana en la oficina escocesa. El penúltimo domingo de cada mes cogía un tren por la noche, y el lunes amanecía en Edimburgo. Allí me alojaba en un pequeño hotel del que salía los viernes por la tarde de vuelta a Londres. Solía llegar adormecida a mi destino, a cualquiera de los dos; las piernas tan hinchadas como el ánimo desinflado, como si el volumen de uno se traspasara a las otras. Eran noches largas y, al contrario que hacía años, la ligereza no llegaba sola, tenía que invocarla y ponerla de mi parte.

Hacía un tiempo había vivido ya en la capital británica. En aquella lejana ocasión, hice un curso de escritura en inglés y trabajé como *au pair*. Esa temporada de sándwiches fríos, moquetas viejas y despreocupación fue la historia de un paréntesis: existió sin arraigo ni gravedad, sucedió igual que podría no haber sucedido.

Fue una época acotada, y no tardé en regresar a Madrid, donde la vida volvió a ser menos leve. Allí estudié un máster y trabajé, entre otras cosas, como traductora *freelance*; era una situación precaria, pero en el silencio de los meses solitarios la traducción de los textos me ayudó a crear la ilusión de compañía. Durante ese tiempo, el enemigo invertebrado, áfono y microscópico vació las calles, convirtiéndolas en un plató del que se han ido las cámaras. Y nosotros, los espectadores, asistimos a la hecatombe desde el interior de nuestros hogares, tomando lo necesario para seguir, respirando lo justo, meciéndonos un poco, murmurando solamente. El mundo entero contenía la respiración como debajo del agua, fingiendo no ser y no estar para que las ambulancias no nos encontraran.

Con el final de los días inmóviles, quedaron atrás la pérdida, la fiebre y el silencio. Acabó el tiempo que parecía elástico, y yo, con el ánimo de retomar el movimiento, volví a verme instalada en Londres.

Aunque todas las historias terminan, ninguna lo hace del todo; se van hilvanando unas con otras, como lo hicieron estas, esperando formar un tejido juntas.

De todos los trayectos de tren que hice, el de esta historia fue el más memorable. Quizá todo ocurrió porque olvidé coger un libro para el viaje. Leer de noche en los trenes siempre ha sido cobijo de viajeros; en movimiento, la lectura nos proporciona la sensación de abrigo y comodidad, una linterna, decía Walter Benjamin. Incluso el temido avión nos arropa en su cuna cuando tenemos un libro. Apagan la cabina y la luz individual nos ilumina como nubes que descargan agua sobre un sujeto de dibujos animados. Mientras cruzamos la nada negra, leemos una historia alumbrada y, a la vez, envuelta en penumbra. Pero aquella noche yo no tenía un libro.

Se anunció la siguiente estación con parada (la única que hacía el tren en su trayecto nocturno) y salí del compartimento en dirección al coche restaurante, donde el camarero jugaba con el flequillo y se movía con parsimonia detrás de la barra mientras servía miniaturas de botellas de ginebra y pequeñas latas que las acompañaban. Él cruzaría la longitud de la isla británica más a menudo que yo, y quizá aborrecía las estaciones y el movimiento.

Los vagones estaban divididos en compartimentos cuyos asientos se podían encontrar en el centro y formar una cama a base de mitades de butacas, pero para eso haría falta el consentimiento de todos y, si lo hubiera, resultaría violento tumbarse junto a esos desconocidos en la cercanía que se propiciaría. En general, aquellas noches transcurrían con los pasajeros sentados, siempre intentando evitarnos las miradas en la extraña intimidad del cubículo. Esa noche no viajaba nadie en mi compartimento, y mientras volvía del coche restaurante pensé que, sin un libro, solo me acompañarían la semioscuridad de fuera y la ginebra de mi interior. Pero me equivoqué, porque al entrar me esperaba una historia que estaba a punto de enredarse con la mía.

En la parada anterior habían subido dos hombres que viajaban juntos. Estaban sentados frente a mi asiento y me sonrieron al entrar. Me pregunté qué los uniría. Tenían modales demasiado cuidados para ser familia. Podrían ser amigos, aunque uno fuera mucho mayor, pero se leía en ellos un resquicio del efecto tarima. El más joven podría ser un alumno de posgrado aventajado. Había conocido varias relaciones basadas en esa fórmula invencible: un hombre deseando ser escuchado cuando empieza a quedarse obsoleto, un joven que ansía ser elegido entre un grupo ya selecto de estudiantes. Eran americanos y hablaban sobre una novela; era sobre todo el joven quien lo hacía.

—No creo que tu libro se venda solo por el escándalo —aventuró el que yo identifiqué como pupilo—. Hay muchos motivos para leer una historia. Ya se habían vendido muchas copias en las semanas previas al artículo de Donovan Seymour y, además, ¡qué más da el motivo! Lo importante es que se está leyendo.

Su compañero miraba por la ventanilla con aire melancólico, como imagino que han hecho tantos escritores desavenidos. Sin apenas luces fuera, solo vería el reflejo de su rostro, y quizá la imagen le provocó algo de desolación. Calculaba que tendría unos sesenta años, pero la lástima que proyectaba le hacía parecer mayor. No había contestado a los intentos de ánimo del joven y en un momento dado reparó en su propia imagen vista a través de mis ojos, como a veces nos ocurre con los extraños.

Uno sale de su casa, cuenta historias, ríe y descorcha botellas de vino con quien accede a acompañarle. Así pasan los días, hasta que vemos nuestro reflejo en otros ojos. Las miradas de los demás son espejos que no cabe desestimar, una de esas habitaciones claustrofóbicas de los parques de atracciones antiguos donde espejos cóncavos y convexos devuelven una imagen cada vez más distorsionada. Ninguno ofrece reflejos objetivos, pero uno nunca ha visto su propia cara, salvo en una simetría invertida. Me pareció que el profesor sintió un ápice de esa turbación al verse en los ojos de una desconocida.

El estudiante intentaba convencerle de que, a pesar de haber ido acompañados de algún escándalo, muchos libros se habían convertido en hitos, y en algunos casos había sido precisamente *por* ese escándalo. Yo escuchaba la conversación mientras fingía leer una revista que había encontrado en el compartimento.

—No me importa cuánto se esté vendiendo el libro. Está sepultado bajo todo el afán de chismorreo, un éxito que late con el pulso de *reality show*. La novela ya no será nada más que eso después del artículo de Donovan Seymour. —Me pareció cierto su pesar y pensé que quizá su abatimiento era más real que el del papel de escritor hundido que representaba.

El joven le miró intrigado.

—Pero ¿es verdad? —le preguntó.

—¿*Qué* es verdad? ¿Lo que escribió Seymour en el artículo del *New Yorker*?

—Sí —contestó el chico—. Siempre pensé que gran parte de las acusaciones eran inventadas. Y si es así, ¿no se puede denunciar por difamación?

Yo levantaba los ojos de la revista sin poder evitarlo. Percibí en el profesor algo parecido al halago cuando intuyó interés por mi parte. Mi mirada, aunque aún tímida, se preguntaba si aquella historia publicada en el *New Yorker* estaba o no en lo cierto. El joven le observaba esperando una respuesta y me ojeaba a mí con algo de rencor; me había entrometido en su historia, aunque fuera en silencio. Podría haberlos dejado solos para que hablaran sin tapujos, pero ya había empezado la escucha y es verdad eso de que los oídos no tienen párpados. Solo el sueño cancela la audición. El profesor me miró a los ojos por primera vez.

—¿Y a usted? ¿También le interesaría saber si lo que escribió Donovan Seymour es cierto? —Me alargó la mano con una sonrisa que no tuve tiempo de interpretar—. Terence Milton, encantado de conocerla.

El tren seguía avanzando a través de la negrura que no llegaba a serlo. Durante aquellos trayectos, a menudo tenía la impresión de que a la noche le costaba ganar la batalla al día y, cuando el sol debería ceder paso a la oscuridad, la luz amenazaba con reaparecer. En el aire todo eran partículas acuosas y rastro de lluvia británica, puro *ling*.

Me fijé mejor en Terence Milton, al que muchos, según me dijo, llamaban Terry. Cuando me dio la mano, presté más atención a su atuendo. Un jersey verde de pico al que le sobraban un par de tallas dejaba entrever el pecho velludo, y el pantalón de lona *beige* también le quedaba un poco holgado. Era uno de esos hombres incomprensiblemente delgados, con facciones y aire de poca salud, cuya enfermiza planta parecía el resultado de una debilidad de espíritu, más que de alguna dolencia física.

El joven tenía aspecto de universitario americano que pasaba un tiempo en Europa, aunque la isla lo fuera cada vez menos. Me miró con ojos tímidos de color miel y me habló con una sonrisa que no escondía su fastidio por mi presencia.

—Soy Mick Boulder, pero todos me llaman Bou. Encantado de conocerte. Espero que no te importe, pero tengo que hablar en privado con mi profesor.

Antes de que yo pudiera contestar, intervino Terry. ¡Ni hablar! Los tres estábamos en el mismo compartimento y no dejarían a su nueva amiga de lado. Si quería escuchar la historia, tendría que hacerlo conmigo delante. Bou negó con la cabeza y levantó las manos en señal de paz, como hacen en las películas cuando llega la policía.

¿Qué queríamos saber? Terence me miró, consciente de que me faltaba contexto.

—Escribí una novela corta titulada *Rocco* —me dijo. Bou asintió con gesto impaciente—. Su publicación suscitó mucho interés, pero solamente por lo que revelaba o escondía acerca de la realidad. No pensé que fuera a tener el efecto que tuvo, y a menudo me pregunto qué habría ocurrido si no la hubiese publicado.

—¿De qué trata? —me atreví a preguntar.

Pero Terence no pareció oírme, o no quiso responderme, y siguió hablando.

—Todo habría sido distinto sin *Rocco*. Pero eso es siempre así con todo lo que sucede, ¿no? Al menos así lo han plasmado tantas comedias como dramas: qué habría ocurrido si hubiera cogido aquel ascensor, si no me hubiese entretenido con la vecina, si hubiera encontrado un taxi justo al salir.

»¿De qué trata? —se preguntó a sí mismo—. *Rocco* es una historia sobre el efecto que una persona tiene en otra. Una pequeña porción de vida que muestra un instante encontrado y perdido, como le ocurre al personaje principal de «El relámpago», el relato de Calvino. ¿Lo has leído? Ese personaje encuentra la sabiduría de forma repentina, mientras está cruzando una calle; le cae encima como un rayo, y ese relámpago de entendimiento cambia toda su perspectiva en un soplo, pero la pierde de forma inmediata. Esa es la historia de *Rocco*: la del instante encontrado y perdido en que se cruzan dos personas. Pero no te asustes, que no tengo tales pretensiones. Ni *Rocco* es «El relámpago» ni yo me creo Italo Calvino.

Cuando Terry cogió aire, yo hice un gesto de mirar por la ventanilla, y en ese momento pasó un tren muy cerca que hizo temblar al nuestro.

—El problema de *Rocco* —continuó Terry— es que se tomó por una novela que escondía verdades sobre un joven llamado Hans Haig. Hubo muchos que la leyeron así, como una de esas *romans à clef* que contienen claves sobre personas reales. Así es como escribió sobre ella Donovan Seymour, el reportero del *New Yorker* del que hablaba mi joven amigo. —Bou se revolvió en su asiento ante la mención de Hans Haig, y Terry nos miró a ambos a los ojos—. Fue Mina Lint quien me presentó a Hans. Bou, tú ya conoces a Mina y sabes que en verano suele organizar fiestas en su casa de Soho —dijo Terence, y dirigiéndose a mí—: Vivimos en Nueva York. Yo soy profesor de literatura en el Graduate Center y Bou era mi estudiante de tesis.

Bou confirmó aquello con un gesto de asentimiento y Terry siguió invocando ese encuentro que quizá fuera la base del relámpago sobre el que luego escribió.

—Sí. Mina Lint podría no habérmelo presentado nunca, y en otra versión de la historia sin duda ocurrió así —dijo encogiendo los hombros antes de volver al relato—. Ese apellido que recuerda al chocolate suizo y el aire de misterio que la envuelve dan pie a imaginar todo tipo de orígenes para su patrimonio, que le permite vivir de manera ligera y ociosa, siempre vinculada con las artes y la bohemia neoyorquina; una vida que, aunque en sí no sea ostentosa, cuesta una fortuna.

A mí se me acepta como profesor anecdótico en esos círculos, pero ella es una pieza clave del puzle social que frecuenta. Con su larga melena de ondas anaranjadas y su risa impúdica, Mina es una de esas mujeres de alegría contagiosa. Y, además, tiene un interés sincero por quienes la rodean, así que nos hicimos amigos con facilidad. Sus tres pequeños galgos italianos solían ser, junto a ella, los protagonistas de aquellas veladas. Los perrillos rehusaban la compañía de cualquier otro y, como muchos invitados, vivían encandilados por la presencia de su anfitriona. Esa noche yo llegué tarde a su casa y, al verme aparecer por la escalera que daba a la azotea, vino hacia mí con los brazos abiertos y una copa de champán en la mano.

Según hablaba Terry, yo imaginaba a Sylvia, de *La dolce vita*, y también a la novia de Roger Rabbit, la seductora Jessica Rabbit, con su melena pelirroja. Mujeres capaces de encandilar con su mera presencia, como supuse que lo haría Mina.

—Se acercó con un joven a quien yo no había visto nunca y, después de los besos, hizo las presentaciones: «Terence Milton, un viejo amigo a quien no veo tan a menudo como quisiera; Hans Haig, un nuevo amigo que ha llegado hace poco a la ciudad y a quien espero ver mucho». Hans sonrió y, tras sacudirse unas migas de la solapa, me tendió la mano con una ligera inclinación de cabeza que juzgué anticuada para su edad. Iba bien perfumado y tendría veintipocos años. Mina nos habló de la exposición de un fotógrafo a quien se empezaban a referir como «el nuevo Richard Avedon». Al parecer, retocaba sus gigantes retratos borrando los ojos de los sujetos fotografiados y sustituyéndolos por caballitos de mar. El efecto era enfermizo, aseguraba Mina, que conocía la obsesión del joven por los pequeños hipocampos. Luego miró a su alrededor con indolencia: «Cuánta gente ha venido, ¿no? La semana que viene os aviso para ir a ver la exposición; es enfermiza», repitió mientras se alejaba para seguir saludando. Aquella fue la primera exposición de las muchas que vimos los tres juntos —recordó Terry abstraído—. Aunque en realidad no fueron tantas.

Mientras escuchaba, me habría gustado ver una fotografía de Hans Haig o de Mina Lint; me faltaba contexto para aquella historia que acababa de empezar. Solo habría tenido que excusarme para ir al baño y buscar en internet. Podría averiguar también quién era Terence Milton y cuál era el escándalo provocado por *Rocco*. Pero sentí pereza al pensar en abandonar el compartimento; con su luz amarillenta me recordaba a una lumbre, quizá porque lo otro que me retenía era un relato, y en el imaginario popular suelen ir unidos.

—Mina comentó que habían perdido las maletas a unos amigos que acababan de aterrizar en el aeropuerto de La Guardia. No podrían llegar a la fiesta esa noche, una lástima. En ese mismo aeropuerto, dijo entonces Hans, había visto una imagen curiosa en la que había seguido pensando tiempo después. —Bou y yo le miramos expectantes y Terry se echó a reír—. Exactamente así fue como Mina y yo lo contemplamos, dispuestos a escuchar su relato, como vosotros ahora. Recuerdo bien la expresión de Hans en el momento de contar aquella historia. Como luego supe que le ocurría cuando era el centro de atención, se le llenaron los ojos de unas lágrimas que no llegaban a derramarse y que lo obligaban a pestañear más, convirtiendo su mirada en azul líquido.

Terry hablaba lentamente, arrastrando la realidad de aquella velada hasta el presente. Al invocarla, quizá esperaba que la mirada de Hans se deslizara hasta nuestro tren nocturno.

—Hans contó que, mientras esperaba su maleta, había presenciado a un grupo de azafatas atrapado en el centro de un carrusel. Tal vez habían subido cuando aún no estaba en movimiento (pero por qué), y más tarde no veían cómo salir de la cinta cargada de equipajes. Algún pasajero ofreció una mano amiga proponiendo que saltaran, un pie en la parte estática que aún no es cinta y otro adelantándose a través de las maletas, pero ellas, conocedoras de las limitaciones de su uniforme, rieron ante la propuesta. No iban a perder la compostura ni a rasgar sus faldas, aunque fueran de almacén.

Bou me dirigió una pregunta en forma de mirada ante la interrupción repentina del profesor, que se había vuelto hacia la ventanilla, pero yo me encogí de hombros señalando a Terry con el dedo índice, para que fuera él quien le sacara de la ensoñación.

—¿Y qué contó Hans que hicieron las azafatas? —preguntó Bou.

—No mucho más. Dijo que se tomaron con buen humor la situación y se resignaron a quedarse en el centro del carrusel, al menos hasta que a él le llegó su maleta. Luego se fue y nunca supo cuánto tiempo permanecieron allí.

Ninguno habíamos visto a aquellas azafatas, pero los tres las contemplamos con los ojos de la mente. Unidos por el relato de Hans, que nos llegaba a través de Terry, las vimos riendo divertidas, incomprensiblemente atrapadas dentro de aquella cinta.

—Aunque luego supe más sobre Hans —dijo Terry—, lo primero que escuché de su boca fue esta historia sin mayor interés. Pero el relato me divirtió, lo vi sonreír con aquella luz acuosa en su mirada, y también yo, como vosotros ahora, quise seguir escuchando.

I

¿Es el problema de Nueva York que ya se haya narrado cada uno de sus rincones? ¿Se han agotado los encuentros en parques forrados de hojas doradas, las imágenes de una ciudad cubierta por palmos de nieve y pistas de patinaje heladas, el acero de los puentes que la atraviesan? Nueva York ha pasado décadas actuando de sí misma, haciendo de escenario y protagonista de amores, misterios, negocios sucios y sueños truncados. El dinero de la Bolsa en los años ochenta, los encuentros casuales entre examantes, los desorbitados alquileres. El cine y la literatura han exprimido la naranja de Nueva York y quizá la hayan dejado seca; cuántos trabajadores saliendo por puertas giratorias, cuántos paseadores de perros a punto de chocarse con una lánguida belleza, cuántas escenas destartaladas en la sombría Port Authority.

Sus barrios, con su nivel adquisitivo, su inclinación política, su orientación sexual, sus gustos y sus paranoias han sido principio y final de incontables historias. Los tipos lúgubres que se apoltronan en locales mortecinos del Lower East Side; la voz reaccionaria que llevó tanto tiempo Greenwich Village; la gentrificación que sacó a la fuerza a quienes llevaban esa voz; los almacenes donde descuartizaban piezas de carnicería en el

Meatpacking District (hoy convertido en escenario industrial); las galerías y estudios de Chelsea, ya imposibles de costear para los artistas; los lofts de Soho; el barullo de Wall Street con sus pequeños perritos calientes y sus insípidos *pretzels*. Las estaciones del año en Central Park; el mullido Upper East Side repleto de historias; los que las cuentan desde sus escritorios en el Upper West Side; el esperpento en que se ha convertido Times Square. Los *brownstones* de Brooklyn, el ya lejano resurgir de Williamsburg, la nostalgia evocada por Coney Island... Fachadas e interiores, cafés y oficinas, azoteas y comercios, la luz que se cuela por las estaciones de principio del siglo pasado. ¿Le queda a la naranja alguna gota?

Es imposible que quienes vivimos aquí no llevemos dentro una buena dosis de personaje de ficción y, aunque el residente quiera arrinconar la imaginería urbana, la tentación de representarse a sí mismo llega sola. El escenario precede al individuo y no se puede vivir negándolo todo, ignorando las historias protagonizadas por el decorado que hace también las veces de casa propia. El que se muda a Bushwick, se afeita la barba (pagando cifras estratosféricas) y camina entre grafitis con tatuajes y desaliño estudiado ya es un personaje, porque la realidad y su fingimiento son dos lados de la naranja neoyorquina.

Yo, por ejemplo, también me he convertido ya en un tópico de la ficción al mudarme aquí. Llegué persiguiendo sueños truncados de escritor, con un cuaderno bajo el brazo y un contrato temporal en un pequeño *college* de Brooklyn. Una figura de las más gastadas, el autor fracasado que, en este caso, ni siquiera es realmente escritor y tampoco está tan frustrado. En otra ciudad, la mía hubiera sido una vida anodina, pero aquí forma parte de un montaje en el que tengo un papel que representar, y esa es la circunstancia más propicia para ser parte de una historia.

En el gran escenario de la ciudad, yo vivía en un pequeño apartamento en la parte menos pintoresca del Village, aunque todas lo son. El *college* me había conseguido el piso a un precio razonable a base de subarrendárselo a un profesor que pasaba un año sabático en algún lugar de Asia. Llegué a la ciudad en marzo para cubrir una baja de maternidad que duraría el resto de ese semestre de primavera y el correspondiente al del otoño del curso siguiente.

No se puede decir que hubiera destacado en mi carrera académica. Comencé dando clase en la universidad de una localidad perdida en el estado de Illinois llamada Normal. Allí sufrí los inviernos más gélidos y oscuros imaginables. Hui de ellos cuando tuve la oportunidad de trabajar en un pequeño *college* privado en el estado de Georgia, donde me pagarían algo más y supuse que no tendría que convivir con la falta de luz y la nada más de la mitad del año. Acerté solamente en lo de la oscuridad. También en Georgia vivía en medio de ninguna parte, aunque esta vez se trataba de un lugar tan cálido y húmedo que aplastaba los pulmones y las ganas de vida entre abril y noviembre.

Las preguntas de quienes no dan vueltas como peonzas en el circo de puestos académicos son siempre tiernas y exasperantes. «¿Por qué has elegido vivir allí?». «¿Cómo es que te has mudado a ese lugar rodeado de campos de maíz?». Con tan pocos trabajos, casi nadie elige nada dentro del mundo académico y, cuando se escoge algo, la elección suele ser la de salir del circo, saltar fuera de la rueda que te lanza de una planicie fría a un pueblo fantasma para vivir la vida que hay más allá de la torre de marfil. En ambas universidades mis puestos habían sido temporales. Cuando se olía el final de mi segundo contrato en Georgia, la jefa del departamento me animó a solicitar la vacante que ahora ocupo; una antigua compañera suya estaba de baja y necesitaban que alguien diera unas clases introductorias de literatura norteamericana. Era otro puesto temporal y el dinero que cobrara no me cundiría mucho en Nueva York. Pero tenía algo ahorrado y ganas de salir de la nada sureña, donde proliferaban los valores más conservadores y espeluznantes del país, además de unas enormes cucarachas que salían a borbotones de las alcantarillas. En Nueva York me libraría del primer grupo, pensé, y, al menos en invierno, también del segundo.

Como otras tardes de verano, sin obligaciones con el *college* hasta final de agosto, el sopor se había apoderado de mí tras una mañana trabajando en un artículo. El fruto de aquellas horas de escritura era muy dudoso: los ensayos académicos se habían convertido en una forma de evitar escribir mis propias historias y a menudo no salía ni una cosa ni otra. Había comido los restos de unas albóndigas que encontré en uno de los *tuppers* del congelador. El aire acondicionado del apartamento llevaba días goteando. Cuanto más goteaba, menos enfriaba, y había llegado a un punto en que el salón-cocina estaba tomado por cubos que se llenaban de agua cada vez más rápido; en aquel momento, para permanecer en casa había que estar dedicado casi por completo al vaciado de los cubos sin apenas disfrutar de una temperatura decente. De modo que fue el calor lo que en aquella tarde de julio me lanzó a la calle. Apagué el aparato de aire acondicionado y me fui en busca de un lugar donde dejar de sudar y sacudirme el aletargamiento.

Así fue como llegué a Timbernotes, un establecimiento en el sótano de una calle de Soho donde varios vasos repletos de hielo poblaban las mesas. Me senté y, mientras esperaba el té helado, noté que un joven con cazadora de cuero y ojos muy claros me miraba desde la barra con una mezcla de curiosidad y lástima. Me llamó la atención su atuendo, dado el calor de fuera. Tenía una mochila a sus pies y estaba volteado en el taburete con la actitud de quien bebe en la barra de un verdadero tugurio fingiendo querer olvidar (tantas escenas). Supuse que la lástima que percibí en su mirada se debía a mi aspecto entumecido y sudoroso; de la curiosidad no supe aventurar un motivo, tal vez aburrimiento. Yo llevaba conmigo el cuaderno de notas y, cuando me recompuse, lo abrí y empecé a releer mis palabras.

La curiosidad del chico de la barra parecía ir en aumento; si se giraba para mirar al frente, era solo un instante, y luego volvía a mí con la mirada. Observaba como lo hace un niño que quiere ver mejor. ¿Qué habría visto si me tuviera más cerca? Una historia personal sin pena ni gloria: la anodina relación con Cynthia y su insignificante final. Amigos, amantes, todos vivían vidas en las que yo no había sabido hacerme un hueco.

Recordé entonces algo que me contó Maddie, mi íntima amiga de la universidad, que sin previo aviso se distanció y se casó con un hombre mayor que trabajaba en Boston. Hacía tiempo que no tenía noticias suyas. La última vez que supe de su vida, se había comprado con su marido una casa en Martha's Vineyard; ella pasaba allí la mayor parte del tiempo, mientras él seguía enriqueciéndose y haciéndose mayor en Boston. Era una residencia de verano, pero Maddie había decidido instalarse todo el año, me dijo. Tenía más habitaciones de las que necesitaba y vivía con la ilusión de convertirla en un pequeño hotel y regentarlo ella misma, compartiendo el espacio con sus huéspedes. No podía imaginarla preparando el desayuno ni aguantando los caprichos de los clientes, a quienes vería como intrusos en su casa. Es posible que en ese momento tuviera otro aspecto, pero, en mi recuerdo, Maddie era una de esas personas que vivían en estado de gracia, siempre objeto de atención por parte de unos y otras.

Ella era consciente de esa cualidad, y por eso le había turbado la anécdota vivida una noche de frío. Según me contó, en un viaje a Fairbanks, Alaska, entró en un restaurante y, mientras se sacudía la nieve de las botas y permanecía en el umbral esperando a ser atendida, nadie reparó en su presencia, ni en el frío que llevó consigo, ni en sus mejillas sonrojadas. Salió del local, me dijo, volvió a enfundarse el gorro y los guantes, caminó por la nieve y se dispuso a entrar de nuevo haciendo aspavientos de frío con una sonrisa amplia y saludando alto; esa irresistible sonrisa que aquel día no llenó nada. Tosió, se sacudió el pelo e hizo amago de acariciar a un enorme San Bernardo que dormía junto a la chimenea. Entonces el dueño se volvió y también el camarero levantó la mirada, lo que provocó que quienes ocupaban la barra del bar se giraran y respondieran a su sonrisa. Maddie me confesó su desazón una noche en que compartimos tequila y confidencias. Esperaba, me dijo, que no se volviera a dar aquella circunstancia mientras fuera joven, y la llenaba de angustia pensar que el tiempo pasaría y ella dejaría de ser alguien en quien se reparaba. ¿De qué dependía su estado de gracia? Siempre se había visto a través de los ojos de los demás, y no sabía cómo sería cuando no existiera esa mirada. Al contrario que Maddie, mi única imagen era la que yo tenía de mí mismo. No recordaba la última vez que alguien me había mirado con curiosidad, como si pudiera ofrecer algo bajo mi cuerpo de estatua inacabada. Durante una época breve, Maddie me observó con interés, pero me retiró esa mirada mucho antes de que pudiera acostumbrarme a ella.

Aquella soporífera tarde en que tanto me sorprendió que un extraño me observara desde la barra, pensé que así se habían posado siempre los ojos sobre Maddie cuando entraba en cualquier sitio, salvo aquella gélida noche en Fairbanks y acaso otras de las que yo ya nunca supe nada.

Mientras recordaba esa anécdota y me preguntaba si Maddie habría abierto el hotel en su casa de verano, el dueño de la mirada se acercó a mí. Arqueó las cejas al tiempo que levantaba una silla vacía. Abrí y volteé la mano: «Toma asiento, está libre». El extraño sonrió y oí su voz por primera vez: «Perdón por interrumpir, por observar con descaro». Le había llamado la atención mi enorme parecido con alguien de su pasado, dijo, pero ahora que se encontraba frente a mí veía que la semejanza no era tan exagerada.

Seguía sonriendo y, mientras nos mirábamos, supuse que él veía a su antiguo conocido a la vez que yo recordaba a Maddie. Mi vaso de té helado ya no tenía té, pero aún estaba lleno de hielo y había dejado un cerco de agua en la mesa. Rocco puso la mano encima y, empapada, se la pasó por la nuca.

Nunca había entablado conversación con nadie durante aquellos trayectos. Normalmente los pasaba leyendo y cabeceando, en un estado limítrofe entre el sueño y la vigilia, consciente de la velocidad y del viaje solo a medias. Pero esa noche no se me escapó la rapidez del tren, ni tampoco la sensación de que estaba comenzando algo.

Terry anunció que tenía hambre y nos dirigimos al coche restaurante. En una de las mesas, dos camareros estaban absortos en sus teléfonos móviles. Las demás estaban vacías, salvo la más esquinada, en la que un hombre contaba billetes en su regazo. La luz no era suficiente como para asumir que estuviera abierto, pero tampoco tan tenue como para asegurar que ya hubieran cerrado. Uno de los camareros era el que antes se encargaba del pequeño bar y, al vernos, alzó la mirada y se acercó a nosotros. Pese al aspecto olvidado, el lugar parecía estar en funcionamiento. Un vagón digno de Hopper.

Había tres platos a elegir y los tres escogimos el que incluía carne. Quién podía fiarse del pescado. En cuanto a la opción vegetariana, nadie entendió en qué consistía. Pedimos una botella de vino. Todo llegó rápido y frío. Los platos, seguramente preparados de antemano por los dos camareros, parecían esperar a ser malcomidos. A Terry le había cambiado el humor, y en ese momento se le veía animado. Tal vez agradeciera la compañía aún más que yo. Con su relato sobre cómo conoció a Hans borró la imagen de sí mismo que había desprendido en el compartimento, y ya no había rastro del escritor abatido. Como la carne no estaba caliente y costaba masticarla, bebimos deprisa y comimos más lentamente.

Antes de la breve visita a esa ciudad en el norte de la isla donde habían subido al tren, habían estado en París, dijeron. Terry había hecho allí una presentación de su libro, o de la traducción francesa. Iban a Edimburgo porque la universidad le había invitado a dar la ponencia plenaria en un congreso sobre la mezcla de géneros literarios. Abriría el encuentro con la conferencia «Más allá de uno mismo: los límites de la autobiografía y la autoficción».

—Es una paradoja que me hayan invitado a dar esta charla —dijo Terry—. La invitación precede a la publicación de *Rocco*, pero ahora toda la sala va a tomar el título como un guiño a mi novela. «Más allá de uno mismo», por Terence Milton... Qué poco apropiado, qué tino. Pensarán que podría no haber salido nunca de mí mismo, que habría sido mejor que me quedara muy dentro, donde mis historias no salpicaran a nadie.

—¿Llegó a conocer bien a Hans? —me atreví a preguntar.

—No tanto como me habría gustado. Si pudiera volver atrás, habría pasado más tiempo con él, pero no pensando en el personaje de Rocco, sobre el que enseguida empecé a escribir... Conocí a Hans, sí, pero menos de lo que lo imaginé, eso es seguro.

Terry dijo aquello mirando a la mesa con gesto afligido. No me atreví a preguntar más. En ese momento el tren aminoró la marcha y un frenazo le sacó del pasado. Sirvió los tres últimos vasos de vino, se reclinó en su asiento y me miró: «¿Y a ti? ¿Qué te trajo al Reino Unido?». Expliqué algo sobre mi trabajo en WorldTrans. Sí, conocía Londres porque había vivido allí antes. No, no conservaba ningún amigo de aquella época. No, no sabía si volvería a España. Sí, tras el confinamiento, tenía ganas de volver a vivir en el extranjero.

Miré a Bou y entendí que mi presencia no solo había acabado con la intimidad entre ellos dos, sino que continuaba posponiendo el relato de su antiguo profesor. Pero Terry seguía preguntando y mostraba ansias de opinar y aconsejar. Un hombre proyectado todo hacia fuera. Es posible que se sintiera triste y superfluo cuando estuviera solo. Quizá por eso era profesor y daba conferencias y leía su libro en voz alta.

—Antes de la pandemia mantuve una relación y, cuando acabó y se pudo viajar de nuevo, quise cambiar de aires, así que al encontrar trabajo en Londres me fui de Madrid —dije.

—¿Y Edimburgo?

—Tengo que pasar cinco días en la oficina escocesa. Desde que empecé este trabajo, estoy allí la última semana de cada mes con el equipo de WorldTrans Edimburgo. Es parte de mi contrato.

—Qué paliza. ¿No estás cansada de hacer este viaje cada mes?

Quizá Terry era una de esas personas que tendían a hacer preguntas en negativo. «¿No estás bien?». «¿Preferirías que no te hubiera dicho eso?». «Supongo que no te esperabas lo que pasó, ¿verdad?». Al indagar con esa fórmula, se presupone un tormento en el otro. En general, quienes preguntan así suelen rechazar una respuesta contraria a la que intentan provocar:

«Sí, estoy bien, no me ha molestado lo que ha dicho». «¿Seguro? Me ha parecido que sí te afectó...». Supongo que cualquiera puede incurrir en ello, pero, por lo general, el modelo de preguntón en negativo es un hombre convencido, por una parte, de su sensibilidad para percibir lo que a otros se les escapa y, por otra, de su capacidad para aliviar el malestar de aquel a quien pretende sonsacar.

—La verdad es que no cansa tanto. Me gusta la rutina de pasar una semana fuera. Y estoy conociendo Edimburgo poco a poco.

Toda historia esconde siempre más información de la que revela y el escueto resumen sobre mi estancia británica apenas rozaba la superficie. Pero contar siempre es callar. ¿Qué callaban Terry y Bou? ¿Qué eran además de lo que parecían ser?

Habían quedado atrás los años en que profesores y alumnas se emparejaban y se casaban al terminar el último curso de la carrera. Han aumentado las reglas con respecto a las relaciones entre quienes tienen un poder de decisión y aquellos sobre los que se decide. Pero ¿no es toda relación un acto de responsabilidad para con alguien? ¿No hay siempre uno con el potencial de destruir al otro? ¿No somos todos ese uno? Daniel y yo no estábamos en la misma facultad. Yo podría haberle conocido en un bar y que diera la casualidad de que él era profesor en una enorme universidad en la que resulta que también estudiaba yo. Otro campo. Otra disciplina. Podríamos ser dos extraños sin ninguna vinculación que casualmente son profesor y estudiante. También podría ser (como de hecho era) que sí estuviéramos vinculados por la universidad y que yo fuera (como era el caso) la estudiante de máster de un íntimo amigo de Daniel.

Nos conocimos de forma fortuita a raíz del accidente de moto de mi profesor y tutor, Arturo Belando. Belando y yo nos reuníamos cada semana para hablar de mi tesina. Ese día él llegaba tarde y me llamó para avisarme de su retraso. Cuando el conductor de un descapotable le arrolló, yo era la última persona cuyo número había marcado, así que los paramédicos me llamaron para darme toda la información de algo que no me correspondía pero que, como resultado del azar, pasó a formar parte de mi historia. Me dirigí al hospital sin saber con quién contactar ni quiénes eran sus amigos ni sus padres, tampoco si los tenía. Hasta ese momento, la relación con Belando había sido solamente cordial, basada en el respeto de ambos por el tema de mi tesina. Por eso, el día que llegué al hospital tras el accidente, sentí que me estaba inmiscuyendo en su vida de una forma que jamás habría permitido él, de haber conservado la voluntad.

Mi tesina era práctica y a la vez teórica; consistía en la traducción al español de una selección de poemas modernistas norteamericanos. Pero era una traducción comentada, es decir, iría acompañada de una reflexión sobre los giros lingüísticos y los retos que presentaban las imágenes, las omisiones, la rima y el ritmo en los versos de Robert Frost, William Carlos Williams, Hilda Doolittle, Sylvia Plath, e. e. cummings y otros. La idea era enfrentarme a esos versos para que existieran con similar ritmo y belleza en castellano y analizar qué se había perdido, ganado o alterado en la versión española. Algunos de los poemas estaban ya traducidos y otros no; cuando ya existía una traducción, debía compararla con la mía y justificar mis elecciones lingüísticas frente a las del texto publicado.

Después de terminar ese máster, hice otros trabajos de traducción de orden más práctico, pero eran encargos que olvidaba tan pronto como entregaba. Aquellos poemas, en cambio, se convirtieron en una suerte de lente lírica para la realidad.

En mis años como estudiante había tenido profesores con quienes se había estrechado la relación. Cuesta mucho no sentirse elegida cuando a una se la escoge entre la multitud. Pero siempre que empezaba a forjarse la incipiente amistad, acababa entreviendo el aburrimiento de esos profesores, que se cansaban de quien esperaba seguir aprendiendo de ellos fuera del aula. En el caso de los que no se aburrían solía ser peor, pues se intuía el tormento de quien tiene la necesidad de ser siempre escuchado. De cualquier modo, el equilibrio que mantenía esa delicada relación estaba siempre a punto de romperse.

El profesor Belando era un gran traductor y un magnífico docente cuya pasión por los textos hacía que fuera difícil imaginarlo en otras facetas de su vida. Quizá fuese un gran amigo o un amante generoso, pero era un hombre extremadamente tímido, con una existencia que parecía definida por su investigación. En parte por eso le elegí como director de tesina. Porque era brillante, pero, además, porque era reservado y solitario.

Una tarde de septiembre, tras un mes ingresado, pasé a verle antes de que le dieran el alta. Durante esas cuatro semanas había ido varias veces después de la visita inicial y, como resultado, surgió entre nosotros una tímida amistad. Aunque solo hablábamos de mis pequeños progresos con la tesina, hacerlo mientras él sorbía un zumo de piña en cama le daba a la situación una nueva familiaridad.

Ese último día estaba allí Daniel. Le vi por primera vez de espaldas, al asomarme a la ventanuca de la puerta de la habitación. Estaba sentado frente a la cama de Arturo con una camisa remangada, el cuello ancho y moreno, echado hacia delante y gesticulando, posiblemente rememorando o representando alguna escena del pasado para su amigo. Oí la risa de Arturo. Cuando entré, Daniel se giró hacia mí y en su mirada se intuyeron una pregunta y una sonrisa. Yo me disculpé por interrumpir. Ellos me invitaron a pasar, hablamos sobre la mejoría de Arturo, sobre su vuelta a casa al día siguiente y, cuando bajé en el ascensor, ya no lo hice sola. Daniel salió de la habitación conmigo y me invitó a que nos sentáramos en una terraza cercana nada más cerrarse las puertas del hospital.

Llevaba años en Madrid, pero era porteño. Un hombre atractivo y locuaz, con una curiosidad superficial por los demás, quizá hiperactivo. Era inteligente y con un sentido del humor afilado y ególatra. Hubiera sido un excelente comercial, porque resultaría complicado no comprarle lo que vendiera. A menudo su mercancía era él mismo: sus ganas de vida, sus intereses. Era amigo de Belando desde la infancia, que compartieron en Buenos Aires, adonde destinaron al padre de Arturo hacía más de treinta años. Resultaba difícil imaginar a dos hombres más diferentes, pero así son a veces las amistades infantiles: lazos que existen con personas que, de conocerlas de adultos, quizá aborreceríamos, pero que son parte de nuestra historia.

En un principio, Daniel y yo no teníamos nada que esconder. Él era profesor en el Departamento de Botánica de la Facultad de Biología. Yo cursaba mi máster entre la Facultad de Filología Inglesa y la de Traducción. Nos llevábamos apenas diez años. Pero Arturo pedía toda la discreción posible. Él era el nexo, luego esa relación también decía algo de él, y no era lo que habría elegido decir. Yo era su estudiante; había llegado allí para aprender bajo su tutela, así que era responsable de mí en ese ámbito, pero su amigo se había interpuesto en mi camino. Eso también había ocurrido *por* él, pero de eso ya no podía hacerse cargo. Aunque eligiera bien sus palabras, Arturo condenaba la expansión de Daniel, su atrevimiento, la manera en que siempre se las arreglaba para cubrir sus necesidades.

Y en aquellos días, yo era una de sus necesidades más apremiantes. Pronto empecé a pasar muchas noches en su pequeño piso de Malasaña, balcones abiertos y charlas nocturnas en un suelo plagado de vinilos, vasos y ropa interior. Guardo imágenes como fotografías instantáneas de aquellas veladas. Tiene que haberlas inventado mi recuerdo, porque me veo siempre a mí con él, como nos vería un ojo externo con vista panorámica. Un instante de felicidad con una perspectiva imposible, que se desmorona si se manosea.

¿Tenía Daniel más responsabilidad sobre mí por ser yo más joven? ¿Por ser yo estudiante y él profesor? ¿Aunque yo no fuera *su* estudiante ni él *mi* profesor?

Solo conté una parte de todo esto a mis compañeros de viaje. Terry apenas había modificado su media sonrisa; con ella parecía indicar que le estaba contando la historia más antigua del mundo, que todo había ocurrido ya antes; quizá lo había vivido él mismo, quizá a lo largo de sus muchas vidas.

—Siempre he pensado que las relaciones se basan en que uno quiera algo y otro tarde un tiempo en concederlo. Todo depende de ese tiempo; la cuerda que mantiene la tensión se puede aflojar o romper si no se mide con precisión. —Terry vaticinó esto sin mirarme, y supuse que estaría hablando de sí mismo.

Es cierto que yo quise algo de Daniel. Y supongo que un viaje temprano tensó demasiado la cuerda. Un tren. Un avión. Cuando nos desplazamos, todo se acelera a la velocidad a la que se viaja. A cualquier destino, aunque algunos empujan al abismo más que otros.

Daniel estudiaba dos especies endémicas de árboles de Socotra, la isla situada al sureste de Yemen.

¿Qué busca el viajero que llega a uno de los lugares más improbables del planeta? ¿La versión terrenal del edén? ¿Un paraíso alejado de las reglas del continente? Abrazada por el mar, Socotra es el punto álgido en el que se encuentran belleza e inclemencia, un territorio imaginado por un loco con conciencia estética. Las islas son el «ámbito paradisiaco destinado a los afortunados o los bienaventurados», pero el paraíso, como le dijo Gertrude Stein a Robert Graves, también puede resultar insoportable. «¿No será que las islas, como la Esqueria de los feacios, son lugares en los que el viajero no debe quedarse, ni siquiera permanecer más de la cuenta, para poderlos preservar en la memoria para siempre como espacios ideales?». Muchas veces me pregunté si todo habría sido distinto de permanecer allí el tiempo justo; el tiempo justo, la palabra justa, pero uno siempre permanece más tiempo y dice más palabras buscando la justa.

Socotra es un territorio pétreo y áspero a la vez que prodigioso, imposible de ignorar para el bienaventurado que alcanza sus costas. Como quienes no consiguen apartar la vista del sol a sabiendas de que les puede costar la retina, su belleza es sublime, casi perniciosa.

Cabe preguntarse cómo llegó Daniel a ese lugar, y a especializarse en aquellos árboles. Pero cómo acaba un herpetólogo belga especializándose en un lagarto endémico de un islote picudo de las islas Azores al que solo se puede llegar escalando; cómo termina un filósofo checo dedicándose al estudio de los matices del término griego *physis* en los diálogos de Platón; cómo acaba una historiadora del arte sueca sabiéndolo todo sobre los elementos barrocos en la arquitectura modernista italiana o una arqueóloga argentina conociendo cada detalle de la cultura calcolítica de Los Millares. El mundo académico está lleno de locos especialistas en temas tan técnicos que parece imposible que no sean los únicos expertos en la materia. ¿Cuántos más puede haber? Resulta que bastantes; muchos otros locos están también estudiando el lagarto del islote picudo, la suerte de naturaleza en el mundo platónico, el mismo churrito barroco y esos áridos yacimientos almerienses.

Las ganas con las que Daniel hablaba de aquellos árboles eran magnéticas; sus brazos fuertes siempre en movimiento cuando relataba las peripecias en la isla. No costaba imaginarlo poniéndose de acuerdo con algún socotrí para que le llevara a las montañas de granito, a las mesetas de piedra caliza, a los bosques prehistóricos salpicados por árboles extraterrestres; no costaba imaginarlo entablando conversación con ese hombre, que se forjara entre ellos una amistad nutrida por una admiración mutua. Saleh había sido su lazarillo en sus anteriores viajes a la isla y lo fue también en febrero de 2020, cuando yo los acompañé.

El nombre original de Socotra, Dvipa Sukhadhara, viene del sánscrito, «la isla de la felicidad», y eso se ha dicho que son las islas, lugares parecidos a la felicidad, enclaves remotos a los que acompañan mitos y leyendas sobre los influjos mágicos que posee su intacta flora. Ahí estaban los árboles pepino que Daniel estudiaba, el *Dendrosicyos socotrana*, así como el *Dracaena cinnabari*, el árbol de sangre de dragón. Cuenta la leyenda que el legendario árbol y su espesa resina roja aparecieron cuando se mató a un dragón cuya sangre se derramó por doquier, permaneciendo desde entonces atrapada en la superficie inquebrantable de la isla de la felicidad.

No eran muchos los expertos que seguían desembarcando en las costas de Socotra para estudiar aquellos árboles de cuento de hadas. Llegar a la isla se había convertido en una odisea de visados y obstáculos burocráticos cuya logística había empeorado desde que en 2014 empezara la guerra civil de Yemen. Tanto el conflicto como el cambio climático habían causado estragos en tierra socotrí. En aquel momento, el turismo era casi inexistente; solo algunas misiones humanitarias conseguían permisos y la de Daniel no era una de ellas. Dado su difícil acceso por razones geopolíticas, la isla había quedado, además, ajena al desarrollo económico, lo que limitaba el disfrute del agua, la sanidad y la educación por parte de sus habitantes; una realidad incómoda de observar y dada a ser ignorada por quienes aterrizábamos en busca del paraíso.

La isla se resistía con voluntad férrea a recibir visitantes. Por eso, cuando, a través de Solidarios Sin Fronteras, Daniel consiguió un permiso especial como botánico, no dudó en posponer todo lo demás para poner rumbo a Socotra. A dos semanas de salir, le comunicaron que una de las ayudantes del proyecto había fallado. Sería más sencillo sustituir esa baja por otra persona que cambiar el número de permisos. ¿Conocía él a alguien que pudiera ir y ayudar con las largas jornadas de muestreo? ¿A pleno sol, durante horas, sin agua corriente? Me lo propuso una tarde de domingo del mes de enero, mientras yo estaba trabajando en un capítulo de mi tesina.

Decía Jules Renard que la vida es corta, pero que el aburrimiento la hace más larga. Y las tardes de domingo, que se estiran ante quienes más temen la llegada del lunes, forman parte del imaginario más arraigado del tedio. ¿Me iba a limitar a experimentar la naturaleza a través de descripciones poéticas o me enfrentaría a su dureza, a su fugacidad? ¿Cuánto duraría nuestra etapa dorada? ¿Cuándo se hundió el edén en el luto?

Nature's first green is gold,
Her hardest hue to hold.
Her early leaf's a flower;
But only so an hour.
Then leaf subsides to leaf.
So Eden sank to grief,
So dawn goes down to day.
Nothing gold can stay.

[El primer verde de la naturaleza es dorado,
de todos sus colores el más breve.
Su hoja temprana es una flor;
pero apenas lo es una hora.
Luego la hoja declina en otra hoja,
así el Edén se hundió en el luto,
así el alba desciende al día.
Nada dorado permanece].

Antes de la noche del tren no había hablado con nadie sobre Socotra. Todo lo que puse de por medio entre los hechos y el relato (tiempo, tierra) se comprimió al invocar la historia, que reviví como si el presente y el tren ya no me rodearan. Es verdad que todo mal siempre vuelve: lo que en mi recuerdo era impalpable, como el espectro de un pasado inaudible, ocupaba en ese momento un espacio hecho de palabras corpóreas. Con el relato había invocado las formas imposibles, las leyendas de los espíritus *yinn*, que adoptaban aspecto de planta en la isla. No se los debía molestar después de haber llegado allí, a la más improbable de mis vidas.

¿Qué habría ocurrido durante esas semanas en Socotra si no hubiera conjeturado imágenes de comunión entre Daniel y yo, entre nosotros y el paraíso terrenal? El lado más supersticioso de la intuición nos avisa de que seguramente la realidad no sabrá reproducir una situación previamente imaginada. Por eso, creo que hay que evitar augurar el mejor de los escenarios, por si tuviera alguna posibilidad de darse. Mejor imaginar penurias, para así espantarlas.

Fueron días de agotamiento y suciedad, de malcomer y de batallar. No era buena como asistente de investigación ni como amante voraz, y ya no sabía cómo acariciarle el ego. Nos recuerdo cruzando las montañas de granito, cargando con el material de campo, el equipo de fotografía, lo necesario para acampar, todo a nuestras espaldas, el silencio árido y rocoso. Daniel percibía en mí el fastidio de quien se sabe estorbando, viviendo una vida que no es la suya. Nada salía como se planeaba, él cada vez más irascible; a menudo tardábamos en llegar a cada destino mucho más de lo previsto y, cuando lo hacíamos, era siempre empapados en un sudor que no nos abandonó desde que entramos en la atmósfera porosa de la isla. Y justo por esos poros se le iban filtrando a él las ganas con las que me había invitado a aquella aventura.

Descubrí lo que ya debería haber sabido: que ni Socotra era un escenario de ficción ni Daniel un personaje, que ambos estaban insuflados por la realidad, y que todo lo que no es quimérico cuesta más tragarlo, sobre todo cuando es fragoso o adusto, cuando está muy seco y se clava.

No oculté toda esta información a Terry y Bou, pero tampoco conté sin tapujos. Mientras rememoraba aquellos días no tan lejanos, también recordaba momentos de armonía. Ya había espantado las escenas idílicas, pero existieron imágenes desconocidas que no habría podido prever, como el placer de los días en que las nubes lo cubrían todo y nos daban una tregua del sol; en esas tardes líquidas, apenas había diferencia entre la textura del mar y la de la atmósfera. Entrábamos en el agua con la sensación de no estar cambiando de elemento, sino rodeándonos de un aire más viscoso, pero a la vez más ligero. Burbujas flotando en la superficie de un mar profundo.

—¿Te importa si busco en el mapa dónde está esta isla? —preguntó Bou, teléfono en mano.

¿Qué aspecto tendría la costa infinita en la mente de mis compañeros de viaje? Bou le mostró la pantalla del teléfono a Terry, que la ignoró y me miró.

—¿Cómo se te ocurrió irte con tu noviete al fin del mundo sin saber a qué ibas? ¡Una isla en medio de la nada! —continuó Terry—. ¿Qué habrías hecho si te hubieses puesto enferma o torcido un tobillo? Parece que tuviste suerte, ¡menos mal! Pero, en cualquier caso, ¿qué pasó en aquella isla?

Pasó que perseguimos un delirio. Y sucedió también que, en medio de la noche, Daniel salió sigilosamente de la tienda de campaña y emprendió camino a la capital, dejándome sola frente a una inmensa playa por la que entraba el océano Índico.

II

Cuando tuve a Rocco cerca, me pareció extremadamente joven.

—¿Bebes té helado? —preguntó con gesto de desagrado señalando el vaso—. Te pido un Long Island Iced Tea, el único té que merece la pena beber. —Lo pronunció con la ilusión de muchos jóvenes cuando hablan de alcohol, un rescoldo de sus días, no muy lejanos aún, en los que beber les estaba prohibido. La mezcla explosiva de bebidas alcohólicas en un Long Island aumentaría mi sopor vespertino, pero accedí.

Con la promesa de embriaguez ya en mano, Rocco brindó al aire justo cuando reparó en que no se había quedado con mi nombre; se lo recordé. No le gustaba beber con extraños y ahora ya no lo éramos, dijo.

Esa tarde supe que tenía veintidós años y que llevaba un tiempo indefinido viviendo en la ciudad. Preguntó más de lo que compartió sobre sí mismo, pero mis días transcurrían de forma insulsa y no había mucho que contar: intentaba escribir por el día y, por la noche, cenaba solo en casa, en general a base de cereales frente al ordenador; los únicos testigos de esa existencia eran las mascotas que promocionaban el trigo: tigres sonrientes que se preparaban para la competición, monos ambiciosos que no sentían vértigo ante las lianas. Noches solitarias de grano procesado y luz azul.

Según fueron llegando otros Long Islands, Rocco me preguntó por el pasado y le hablé de la relación con Cynthia, de cómo se alargó demasiado, de nuestro incierto futuro mientras estuvimos juntos. Creo recordar que también le hablé de Maddie. Siempre Maddie y su vida, de la que cada vez sabía menos.

Rocco parecía una hoja en blanco, un gran conversador sin serlo: animaba a la charla y a las confidencias, pero no compartía apenas nada sobre su circunstancia. No parecía vivir en Nueva York dominado por su escenario de ficción. Sus ojos tenían algo de ventana a un interior diáfano, sin estructuras ni andamios. Una mirada ligera, sin amueblar, como los primeros pisos en los que uno vive.

Cayó el sol y cayeron varios Long Islands en Timbernotes. Cuando quise mirar la hora, nos encontrábamos un poco más al norte, en una gran mesa de la Bond Street Brewery, rodeados de un ruidoso grupo de jóvenes que despedían la vida de soltero de uno de ellos. Como ocurre en las noches largas, se iban uniendo espontáneos a los que luego perdíamos de vista. Rocco contaba historias sin interés, pero con gancho.

Se había sentado en la mesa comunal y tenía los pies en el banco donde, en principio, debía uno sentarse. Empezó a hablar de Mercury Bragg, el famoso actor cómico de Hollywood cuyo desafortunado físico le había privado de los honores merecidos. «No es tan gracioso», se decía de él. «Es solamente que es muy feo». Y así, parecía que lo poco agraciado le había costado el reconocimiento.

Rocco contó que, cuando era niño, su madre trabajaba como diseñadora de vestuario de cine y que, en un viaje al que tuvo que acompañarla, conoció al famoso Bragg. Averiguó que entre sus excentricidades se encontraba la de su mascota, un hurón con hocico afilado y aspecto asustadizo que se movía frenéticamente por el plató. Como ocurre tantas veces con los actores cómicos, Bragg tenía muy mal humor fuera de la pantalla, y montó en cólera al enterarse de que no habían aparecido los cuidadores de Miffy, el hurón. Se negaba a dejarlo con alguien que no fuera a tratarlo con el debido tacto, y todos entendieron que nada se reanudaría hasta que Miffy no estuviera en buenas manos. El niño, aburrido de focos y largas esperas, se ofreció a cuidarlo. Bragg comprendió que aquel crío no se encargaría del animalillo por la fama ni el dinero de su dueño, sino porque era un niño aburrido y deseoso de compañía.

Años después dijo haber visto una entrevista en la que preguntaban a Bragg si tenía mascotas, a lo que él contestó que creció con un labrador y que no había tenido tiempo de disfrutar de más compañía animal desde entonces. Rocco no entendió por qué había omitido la existencia del hurón al que tanto quería. ¿Se avergonzaba? Al oír aquella respuesta, dijo, cambió de canal y le retiró la simpatía profesada en silencio desde aquel infantil encuentro.

Aunque en ese momento yo aún no lo sabía, así eran muchas de las historias que contaba. No solían venir a cuento ni remitir a nada. Siempre he temido que quienes relatan de esa forma huyan de una historia a la que intentan no invocar.

En un momento de la noche, sentí el hambre voraz que sobreviene cuando hace horas que solo se ingiere alcohol.

Caminamos en dirección al este y entramos en Il Trucco, el pequeño restaurante que había sido escenario de cine en varias ocasiones. No se pueden atravesar muchas calles en la zona lindante con Bowery sin seguir los pasos cinematográficos de decenas de personajes. Era un local íntimo, sin pretensiones, o solo de la manera en que los lugares no son pretenciosos en Nueva York, es decir, con muchas pretensiones, pero ocultas tras la fachada de lo gastado. Il Trucco era una mezcla americana entre lo español y lo italiano: en la carta había paella con bogavante y sándwiches bikini, pero también *pancetta di maiale* o *zuppa*. En los momentos de hambre no importa mucho el amasijo de culturas, así que devoramos pastas y arroces antes de llegar al Whisky Bond, un tugurio bastante más decadente en el que ningún padre hubiera querido ver a sus hijas. Me alegré de no serlo y de no tener que velar por ellas.

Rocco se había dejado invitar tanto a Long Islands como a carbohidratos. Con algunas personas se lucha por la cuenta o se decide dividirla y con otras, en cambio, resulta natural pagar o dejarnos invitar. Parece un gesto inocente, pero toda invitación es una declaración de algo.

Bebimos whiskies en silencio. Vi que llevaba un pequeño tatuaje en el interior de su muñeca izquierda. ¿Qué implica que alguien nos encandile? ¿Qué entraña la fuerza centrífuga de la obsesión? Es posible que no nos embelese la persona, sino lo que consigue intuir dentro de nosotros. Rocco tenía algo de lienzo, de idea con potencial. Sin ego aparente, escuchaba, reía y reparaba en las vidas de Miffy y Bragg. Estar con él era estar solo sin estarlo, tener un testigo de la existencia que alzaba un favorecedor espejo sin imponer los lastres de su presencia.

Supongo que fue la mezcla entre el estado de embriaguez, la bruma mental y el bienestar que me provocaba aquel desconocido la causa de lo que vino después. Estábamos sentados en unos pufs faltos de relleno, apoyados en una fría pared de ladrillo; la idea de levantarse de algo tan cercano al suelo retrasaba la marcha. Desde nuestra perspectiva se veía a las camareras ir y venir vestidas con uniformes góticos sexualizados, gasa y satén negro, pinchos que salían de lugares inesperados, fogonazos de ligas. Una mesa alta repleta de vasos vacíos se alzaba entre los dos. Hundido en su puf y con los ojos solo entreabiertos, Rocco sostenía un último vaso de whisky aguado. Su mirada ligera no dejaba entrever si había reparado en las ligas cabareteras.

—Rocco, ¿dónde vives? —me escuché preguntando.

No había tomado ninguna decisión, pero había iniciado algo. La lengua es siempre más rápida que el cerebro, y así se hacen muchas promesas sin posibilidad de que se cumplan.

—Depende —dijo. Y me pareció que era sincero.

—Yo tengo un cuarto libre en mi apartamento. No estamos lejos; puedes venir a verlo y, si te gusta, te lo alquilo.

Me incorporé hacia él y sentí la gravedad cero en la cabeza; cuántos whiskies llevaría. Perdí un instante el equilibrio, pero el suelo estaba muy a mano. Rocco me cogió el brazo.

—¿Cómo vas a salir de ese puf que en realidad es una trampa? —dijo devolviéndome el brazo mientras se le dibujaba una sonrisa—. Voy a pedir la última, y luego vamos a tu casa.

Como creo que suele ocurrir en los trayectos nocturnos, habíamos hecho una parada larga esperando a que se cruzara otro tren. Rodeados de la oscuridad exterior, Terry hizo señas al camarero para que nos trajera más vino. Quizá intuía que sin él no reanudaría mi relato, o que no emprenderíamos de nuevo la marcha. Cuando llegó la botella, nos sirvió apresuradamente y me miró extendiendo la palma de la mano hacia arriba, concediéndome la palabra para que continuara mi historia.

—Como con el encierro de las azafatas en el carrusel, al final no pasó mucho más. Salí de la isla, como supongo que ellas saldrían de la cinta —dije encogiéndome de hombros.

Me acercó una copa de vino, colmada como nunca la llenaría alguien de mi país.

—Salir, lo importante es salir... y a ser posible indemne, eso es lo único que cuenta. Tengo que hacer una llamada, así que aprovecharé la parada del tren —dijo Terry mirando el teléfono al tiempo que se levantaba.

Cuando nos quedamos solos Bou y yo, nos sonreímos y él encogió los hombros en un gesto que yo copié instintivamente. Era un «pues nada», un «aquí estamos».

Aunque mi propio relato me había devuelto temporalmente al pasado, el presente siempre se impone. Es verdad que había sentido a Daniel sentado a mi lado esa noche, pero estaba inmóvil, y no pudo competir con la humedad de la atmósfera que notaba mi piel, ni con la historia de Terry, que avanzaba a través de la negrura.

Bou se quitó las gafas y las limpió con una camiseta blanca que hizo por sacarse de debajo del jersey. Se las volvió a poner y me miró después de pestañear varias veces.

—¿Quieres salir a estirar las piernas mientras habla Terry por teléfono?

—Sí, por qué no.

Caminamos en dirección opuesta a donde se encontraba su profesor, que daba pasos distraídos mientras hablaba. Se dio cuenta de que nos habíamos levantado y gesticuló indicando que él vigilaría nuestra mesa. Según nos alejamos, me pareció que no nos quitaba ojo; se sienten los ojos en la espalda como sentimos que alguien sonríe, aunque le tengamos detrás.

Recorrimos varios vagones en silencio. Bou llevaba un jersey amplio de un negro apagado y, aunque por detrás no había rastro de ella, yo sabía que debajo estaba la camiseta blanca de algodón. La había imaginado de pico, de esas que se compran en packs de tres y que tienen un punto hortera con respecto a las de cuello redondo. Cuando no pudimos avanzar más, se giró y me señaló la puerta de salida. Bajo las gafas de pasta, unos ojos color miel que seguramente se aclararían al sol.

—¿Te parece si bajamos al andén? El tren no va a salir sin avisar. Tendremos tiempo de subir si no vamos muy lejos.

Nos encaminamos hacia la estación, donde ni la sala de espera ni la tienda de prensa estaban abiertas. A la derecha había una zona de obras en la que nos adentramos y, una vez rodeados de pavimentadoras y montones de tierra, subimos a una pequeña montaña de arena ennegrecida y nos sentamos en su cima.

No llovía, pero continuaba la sensación de humedad que dejan las precipitaciones, como un rocío suspendido en el aire, la nada a la que hacía referencia el *ling*, cuyo rastro no se le escapa a nuestra piel ni a nuestro olfato. ¿No eran casi todas las ausencias fruto de no haberlo sido siempre? Alguien que se va, algo que nos abandona; incluso la muerte, que podría parecer la nada más absoluta de todas, es la que más rastro deja tras de sí, la que más acusan quienes se quedan. La oscuridad nocturna de la isla tenía también algo de *ling*; nunca lo era del todo. La luz del día a menudo parecía seguir suspendida, arrastrándose, perezosa a la hora de ausentarse.

—¿Sabes con quién habla Terry? —le pregunté.

—Por la hora que es, supongo que será con alguien que esté en Estados Unidos. Tal vez algún periodista —dijo—. Le provoca mucha angustia contestar a sus preguntas, y creo que además tiene miedo de no salir impune de todo esto. No es solo que su novela se haya convertido en una manera de especular sobre su vida y la de Hans, creo que Terry teme por lo que le pueda pasar.

—Pero ¿qué escribió para temer por lo que le pase? Estás involucradísimo en toda la historia y en ese escándalo, como lo llamáis vosotros. ¿Es eso a lo que te dedicas? ¿Sigues a tu profesor como un *groupie* o un guardaespaldas? —No lo dije en serio. La mera idea de Bou haciendo de guardaespaldas era irrisoria, pero a él no le hizo mucha gracia.

—No soy su *groupie*, y Terry sabe cuidarse solo. Pero es verdad que está muy aislado desde la publicación de la novela y que yo tengo muchos motivos para permanecer a su lado.

—¿Como cuáles?

—Terry es un pensador original y sensible que aún cree en eso de que la literatura puede abrir una herida, pero que también la cauteriza. Tuve la enorme suerte de que me diera clase un año; nunca había tenido un profesor así. Luego fue mi director de tesis, y después se le echaron encima los medios de comunicación con la salida de *Rocco*. La historia de ficción suscitó ataques contra su integridad como profesor y escritor. Según como salga todo, peligrará su trabajo en la universidad y, si lograran expulsarlo, le sería imposible conseguir otro puesto. Al menos aquí en Europa lo han invitado a presentar su libro en francés y a dar la charla de Edimburgo. Gran parte de la culpa la tiene Donovan Seymour, el reportero del *New Yorker* que aseguró que el personaje de Rocco era el propio Hans, y que Terry se aprovechó de él y lo explotó para su novela, haciéndole responsable de lo que ocurrió a raíz de que se publicara *Rocco*.

Todas las versiones de una historia conviven como los colores de un cubo de Rubik. Cada versión, como cada color, puede existir por sí sola, pero el resto están ahí, fuera de nuestro campo de visión, y cuesta que encajen todas. Sería más fácil si solo hubiera una y no tuviera que acoplarse con ninguna para completar el cubo. Es posible que la historia de Bou, que parecía ser la de Terry, fuera una de esas caras, pero había otros colores con los que quizá no encajara. ¿Cuál era la versión de Hans?

—¿Y qué tienes tú que ver en todo esto? —le pregunté a Bou.

—Nada. No es mi historia, pero Terry es mi amigo además de mi mentor y no voy a abandonarlo ahora.

—Muy noble. Y como no conocías a Hans, te será fácil ser leal a Terry.

—Claro que conocía a Hans —dijo.

—¿Ah, sí? ¿Y cómo era?

—¿Hans? Tímido. Y también dulce. Era suizo; su familia vivía en un pueblo cercano a Ginebra. Un chico afable, con una suerte de languidez en su disposición. Era actor e intentaba ganarse la vida con su profesión. Terry a su lado se comportaba como quien ha llegado al lugar adecuado después de dar muchos pasos en distintas direcciones. La verdad es que lo adoraba, aunque yo nunca entendí su fascinación por él.

Al decir eso me miró a los ojos a través de sus gafas de pasta. Hasta ese momento los dos habíamos mirado al frente, los brazos alrededor de las rodillas. «Pero pobre Hans», esto último lo dijo para sí, como un murmullo, aunque supongo que consciente de que yo lo oiría. Me volvió a mirar anticipando mi pregunta, y cambió de tema sin querer seguir por donde intuyó que le iba a llevar:

—¿Nunca contemplaste la posibilidad de que Daniel te dejara sola en esa isla?

No contesté.

La noche antes de que se marchara tuvimos una discusión sorprendentemente franca y desagradable: él, hastiado de cargar conmigo como un peso más a la espalda; yo, cansada de su irritación y sus malas formas. Pero, aunque cueste conciliarlas, las verdades coexisten como caras del cubo de Rubik, y yo nunca llegué a conocer la versión de Daniel.

Me veo abriendo la cremallera de la tienda de campaña, asomando la cabeza y mirando a ambos lados. En ese momento, tuve dos certezas: Daniel no podía haberme dejado sola allí, terminando una relación como quien deja caer una bomba, y, a la vez, sabía con absoluta seguridad que Daniel no estaba. Que yo podría llamarle a gritos o desesperarme ante la inmensa soledad de la playa, y que Daniel no respondería porque ya no estaba allí. La primera verdad la sustenta el sentido común y la esperanza: «es imposible que esto haya ocurrido», «no puede ser que se haya ido». La segunda se apoya en lo que sabemos más allá de la conciencia. Sentimos cuándo alguien ha cometido la mayor bajeza. Oh, no lo esperábamos, jamás lo habríamos imaginado y, sin embargo, lo sabía nuestro cuerpo, nuestro *gut*, como dicen en inglés, es decir, nuestras tripas. *«I felt it in my gut»*, dicen: «lo sentí en mis intestinos», el lugar recóndito al que no llega la conciencia, pero que sabe porque ha sabido siempre.

Amanecía, y el mar blanquecino se unía al blanco del cielo, ambos separados por una franja color fuego de la que emanaba una luz morada. ¿Me mataría el hambre? ¿La sed? ¿Me perdería irremediablemente al no tener cobertura, sino solo un mapa de papel? Una vez perdida, ¿acabaría conmigo el calor? ¿Algún animal? Según leí, no había muchos, además de dóciles reptiles, y las aves serían inofensivas mientras pudiera defenderme.

Fruto quizá de un miedo irracional (la situación no era comparable), recordé aquella terrorífica imagen del fotorreportero sudafricano Kevin Carter, la que le valió el Pulitzer y desembocó en una polémica moral irresoluble que acabó costándole la vida en los años noventa, la que mostraba el hambre y la indefensión de la niña sudanesa a la que esperaba un enorme buitre a una distancia tan prudente como amenazadora. Pero aquella niña nació en un Sudán azotado por la guerra civil y la hambruna y yo, aunque no había hecho nada para merecérmelo, había sido afortunada en la vida. «La pregunta de por qué unas personas tienen más suerte que otras... No sé la respuesta». Pero sí supe que tendría que haberme cuidado con más esmero, que no debería haber viajado a un territorio que concebí solo como escenario ficticio con quien no era más que un espejismo desdibujado.

Había leído que, en los momentos de peligro, justo antes de que el cuerpo segregue la adrenalina suficiente como para pensar con la mayor claridad de la que es capaz un ser humano, uno puede sentir cómo la cordura le abandona un instante. ¿Daniel era real o lo había inventado mi mente? ¿Tenía yo alguna posibilidad de encontrar el camino de vuelta? Cerré los ojos con fuerza. ¿Me rodeaba la vida o era ya muerte?

> *I fancied you'd return the way you said,*
> *But I grow old and I forget your name.*
> *(I think I made you up inside my head).*
>
> *I should have loved a thunderbird instead;*
> *At least when spring comes they roar back again.*
> *I shut my eyes and all the world drops dead.*
> *(I think I made you up inside my head).*

[Imaginé que volverías como dijiste,
pero crecí y olvidé tu nombre.
(Creo que te inventé en mi mente).

Debí haber amado al pájaro de trueno, no a ti;
al menos cuando la primavera llega ruge nuevamente.
Cierro los ojos y el mundo muere.
(Creo que te inventé en mi mente)].

—No me imagino el calvario que pasarías para salir de aquella isla —dijo Bou con aire tranquilo—. Y tampoco sé lo que sufriría Hans cuando Terry publicó *Rocco*.

Sí. Al final de las historias, pensé, uno siempre se pregunta cómo se podría haber ahorrado parte del sufrimiento a quienes las vivieron, pero no dije nada.

En ese momento el tren hizo ruido y miramos en dirección al andén. No había pasado el otro, al que había asumido que estábamos esperando, pero quizá era hora de reanudar la marcha igualmente. Bajamos resbalando por el montículo de arena y corrimos hacia las vías. Terry agitaba el brazo por una ventanilla. Al llegar a la puerta del vagón, Bou paró en seco para que yo subiera antes que él. Caminamos por el pasillo y enseguida sentí una bofetada de calor, la combinación de la calefacción del tren y la carrera. Me giré al sentir que Bou no me seguía, y le vi unos pasos atrás quitándose el jersey. Debajo, una camiseta blanca de cuello redondo.

Bou y yo nos sentamos el uno frente al otro mientras Terry seguía hablando por teléfono en el vagón contiguo. En la mesa, las copas de vino bajo la luz mortecina, pero aunque el lugar emanaba austeridad, había algo mullido en el ambiente.

Fuera se veían ocasionales destellos de poblaciones por las que pasábamos a toda velocidad. A esa hora casi todos sus habitantes serían seres sumidos en un sueño plácido, o tal vez desconcertante; los habría que incorporarían el sonido del lejano tren a sus vivencias oníricas, como a veces ocurre con los ruidos externos cuando dormimos. Quizá alguno de ellos se despertaría con la sensación de que acababa de pasarle una flecha muy cerca.

—¿Sabes que soy un fanático de la magia? —dijo de pronto Bou con entusiasmo—. De los buenos trucos, en los que no hay hilo o espejo que explique la ilusión, los que contemplamos atónitos mientras el cerebro sabe que lo que ve va en contra de toda lógica.

—¿Ah, sí? —pregunté. Me había pillado desprevenida lo repentino y el tema.

—Sí, me encanta saber que algo es artificio, que hay trampa y cartón, y que justo por eso no podemos quitarle ojo, por saber que, aunque no lo parece, depende de un meticuloso proceso para crear la ilusión de que realmente está ocurriendo lo imposible, para aparentar que desaparece la Estatua de la Libertad de Liberty Island ante nuestros ojos.

—Ja, ja, ja... Sí, me acuerdo de aquello. Nunca supe cómo lo hizo. También la ficción son horas de trabajo y artimañas para crear una ilusión, ¿no? Y en ambas existe la tentación de querer levantar el telón para ver qué hay detrás de la puesta en escena.

—Sí, pero siempre es decepcionante, tanto por lo repetitivo como por lo sencillo. ¡Nunca busques cómo hizo desaparecer la Estatua de la Libertad David Copperfield! Es mejor dejarse mecer por el dulce engaño.

—Pero ¿no es eso lo que estás haciendo tú con las preguntas a Terry sobre su novela?

—El telón ya se ha levantado, para desgracia de Terry, y sobre todo de Hans. Lo alzó Donovan Seymour con sus acusaciones, sacando a los personajes de *Rocco* de la esfera que les correspondía y acusando a Terry de lo que pasó tras la publicación de la novela.

—¿De qué le culpó exactamente?

—De exprimir la vida de Hans y destapar lo que él nunca quiso airear... Y de inventar lo que le interesó a partir de su persona real.

—Pero eso ocurre muy a menudo. No se puede acusar a alguien por escribir algo que se parece a la realidad.

—Sí, es verdad. No tendría por qué haber pasado del cotilleo literario. Pero ya existían sospechas de que Rocco *fuera* alguien real y, como el profesor de la novela no tiene nombre, también fue fácil asumir que era Terry. Luego se publicó el artículo de Seymour, confirmando todos esos rumores. Y, en un momento dado, Hans desapareció.

—¿Hans ha desaparecido?

—Sí —se lamentó Bou.

—¿Ese es el escándalo por el que se ha vendido tanto el libro?

—Sí —repitió con un suspiro.

—Y por eso estaba Terry tan afligido cuando nos contaba que le hubiera gustado conocer más a Hans, porque ahora ya no puede...

—Sí. Aunque eso que dijo de que le hubiera gustado pasar más tiempo con él... No lo sé, la verdad. Terry adoraba a Hans, pero no tanto como a Rocco, porque prefiere sus historias. Creo que se obsesionó con la idea de lo que Hans podría haber sido más que con la persona de carne y hueso que era, o que es, no lo sé.

Esto último lo dijo con la pesadumbre que nos sacude cuando ya no nos podemos quedar al margen. A la mayoría nos gustaría permanecer fuera de los conflictos de quienes nos rodean. ¿Por qué no? En los márgenes se puede mirar hacia delante, desde el banquillo, seguir pensando en la magia y en la literatura, admirando al querido profesor, pero a Bou todo aquello le había salpicado y quizá veía que el momento de levantarse del banquillo no estaba lejos.

Quise preguntar qué límites transgredió Terry en su libro, cuánto puede un escritor aprovecharse de alguien real como para hacerle desaparecer. Pero en ese momento entró Terry.

—¿Qué pasa, que si no estoy yo nadie se sirve vino?

Nos miró y entendió que Bou había continuado el relato, y que en ese momento yo tenía más información de la que él había compartido con nosotros. Me miró directamente a los ojos antes de sentarse.

—Ya veo que esta noche, a ambos lados del Atlántico, no se habla de otra cosa que no sea *Rocco* —dijo con semblante serio, aunque al dejarse caer en el asiento también parecía haber dejado un peso atrás—. Yo que entraba aquí con esperanza de que nuestra nueva amiga nos contara cómo salió de aquella pedregosa isla...

—Sí, pero antes me gustaría saber algo más sobre Hans. Nos contaste cómo le conociste, en aquella azotea, pero ¿y después? ¿Le trataste mucho?

Terry miró a Bou guiñándole un ojo y señalándome con el pulgar: «Qué rápido aprende esta, ¿eh?, no sabe ni nada». No, no sabía, pero ahora sí quería saber más. Bou levantó las palmas de las manos a la altura de los hombros riendo: «A mí que me registren, es cosa suya». Pero no era solamente mía; Bou me había contagiado la curiosidad y yo ya sabía que existía una historia, y había entrado en ella, aunque no fuera mía.

—Después de aquella fiesta en la azotea tardé en volver a ver a Hans —continuó Terry—. No digo que no pensara en él de vez en cuando. Era un chico joven, con una dulzura innata, que parecía sufrir por algo, y ese algo hizo que me picara la curiosidad. Sí, Hans Haig siempre me suscitó interés, y desenmarañar a alguien es adictivo. Ya os lo dije, me hubiera gustado conocerlo más, desenredar su historia, y a la vez enredarme yo en ella.

Terry se acomodó y bebió un poco de vino.

—Una tarde que salí de clase, lo vi apoyado en la valla que separa la acera de la zona arbolada del campus. ¿Conocéis a la poeta Alda Merini? «Me gusta quien elige con cuidado las palabras que no dice», escribió. Hans era un joven lleno de silencios cuidados que, por algún motivo, yo siempre escuché muy alto. Esa tarde le ofrecí ir a cenar algo y accedió.

Antes de seguir su relato, se incorporó y nos miró fijamente:

—Como aún sois jóvenes quizá no os habéis encontrado con ellas, pero hay algunas personas en el mundo (pocas) que nos recogen por vez primera, con las que caminamos unos minutos y cuya presencia parece haber estado siempre ahí, dando pasos acompasados a nuestro lado. —Después volvió a apoyarse en el respaldo y siguió hablando—: Esa noche cenamos en Il Trucco, un pequeño restaurante italoespañol de Soho. Fue una de esas veladas que se estiran como un chicle, azucaradas, sin fisuras, muy dulces. Charlamos, comimos y bebimos hasta que el pequeño local se vació y los ojos de los dos camareros nos pidieron llenos de sueño que nos recogiéramos. Como veis tengo aguante para el vino y me cuesta parar. Si por mí hubiera sido, aquella velada no habría terminado. Sé que reímos y compartimos historias de la infancia, pero cuando intento recordar qué pasó exactamente, se me mezclan la memoria y la imaginación.

Terry contaba absorto, hablando bajo un hechizo que él mismo creaba con su relato.

—Hans me habló de su Suiza natal, de los lagos cristalinos; de uno en concreto en un pueblo francés cercano a Ginebra, el lago en el que pasaba los veranos de su infancia en una casa antigua y fresca. Me contó cómo eran esos meses estivales, cómo era divertirse con una madre joven, con una abuela joven; los chapuzones desde el embarcadero, saltando al agua una y otra vez; las carcajadas de madre y abuela cuando el crío las salpicaba con sus zambullidas. En la entrada de la casa había una escalinata y una escultura de dos angelotes desnudos y

abrazados. Hans se recordaba a él y a su madre, los dos moja-
dos y envueltos en toallas imitando entre risas la posición de
aquellos querubines. Su abuela captó el momento en una fotografía que, según me contó, siempre llevaba consigo. Aquel
sitio era su lugar en el mundo, me dijo volteando el brazo izquierdo. En la parte interior de la muñeca había un pequeño
tatuaje: un lago rodeado de montañas, un cuenco geológico,
el paisaje que lo acompañaba allá donde fuera. Se lo hizo en
Ginebra cuando se fue a estudiar a una escuela de teatro y se
alejó de sus veranos de la infancia, antes de irse a probar suerte como actor a Nueva York.

Mi imaginación conjeturó enseguida el momento en que
Hans mostró su brazo izquierdo y se tocó el tatuaje para expli-
carle a Terry el origen de aquellas líneas de tinta. Vi el cuenco
geológico con los ojos de la mente y miré el interior de mi
propia muñeca, donde solo se adivinaba un azul venoso.

—Después de cenar, le sugerí que nos tomáramos la última antes de despedirnos. Por allí estaban la Bond Street
Brewery y el Whisky Bond; le ofrecí ir a cualquiera de los dos,
pero estaba cansado, me dijo. Al día siguiente tenía una audición y quería estar fresco. Mi apartamento estaba en el Village,
así que yo iba hacia el noroeste y él en dirección contraria, al
Lower East Side. Antes de separarnos, Hans se aseguró de que
nos volviéramos a ver. Intercambiamos teléfonos, hicimos pla-
nes y, poco después de aquel primer encuentro, ya habíamos
establecido pequeñas rutinas. Los miércoles, tras mi última
clase del día, Mina y él solían avisarme para ir a ver alguna
galería a Chelsea, pasear por los muelles o comer algo, dependiendo del tiempo del que dispusiéramos. Cuando Mina no
estaba, pasábamos la tarde juntos Hans y yo. Si nos separá-

bamos al final de la velada y él se iba a su casa, yo abría el ordenador al llegar a la mía y escribía hasta bien entrada la madrugada.

Mientras Terry evocaba el pasado, me preguntaba cuál sería la versión de Hans. ¿Qué haría él aquellas noches que se separaban? ¿Cómo rememoraría ahora esas veladas?

—Supongo que se puede decir que Hans era mi musa, o que me inspiraba, aunque yo más bien diría que, junto a él, encontré la serenidad necesaria para sentarme ante el ordenador y, a la vez, es verdad, me aportaba cierto material, aunque nunca supe por qué. Qué había en Hans que me empujara a escribir es algo que jamás he llegado a saber.

—¿Hans vivía solo? —le pregunté intentando averiguar más sobre el lado oculto de la historia.

—No, compartía piso con otros dos actores que, según me explicó, discutían mucho. No sé si eran pareja, ni si eran hombres o mujeres, solo que, como Hans, también eran actores de teatro y hacían otros trabajillos para afrontar los costes de la vida en la ciudad. Prefería no pasar demasiado tiempo con ellos, y a menudo se quedaba en mi casa para evitarlos.

Terry era relativamente escueto en lo que concernía exclusivamente a Hans y muy dado a extenderse sobre lo que tenía que ver con la relación entre ellos dos.

—Supongo que Hans para mí era una pequeña joya que siempre hubiera querido conservar, y yo para él una presencia adulta en una vida algo solitaria, un apartamento lejos de sus compañeros de casa, algo parecido a un padrino. Me imagino que sabía que yo vivía fascinado por él, encandilado por su belleza y su juventud. ¿Me aproveché de él y de su situación? Según Donovan Seymour, sí. Y a la luz de lo que pasó después, cómo no verlo así, pero entonces era Hans quien más se beneficiaba de nuestra relación, era él la persona que tenía el control y yo la que estaba siempre disponible. Fui sincero con él. Le dije que había vuelto a escribir y le confesé que había inventado un personaje basado en él. Quiso saber si se le reconocería al leerlo. Todo estaba pasado por el filtro de ficción, le dije, y, aunque Rocco se parecía a Hans, era solo en lo anecdótico: sí, tenía unos ojos azules muy claros y entablaba amistad con un profesor en Nueva York, pero lo demás era todo circunstancial. Es cierto que reproduje algunos lugares a los que fuimos juntos. Le enseñé a Hans varios pasajes de los primeros capítulos y le hicieron gracia. Lo recuerdo divertido al leer una historia que Rocco cuenta sobre un cómico llamado Mercury Bragg.

La sonrisa de Terry se dibujó repentinamente al rememorar aquello.

—Hans dejó los folios frente a mí con una carcajada: «Pero ¿y esta historia del hurón y el cómico? ¡Me encanta! ¿Bragg existe de verdad?». Obviamente no existía. No todo venía de Hans, pero él había contado aquella anécdota de las azafatas, que era otro sinsentido curioso, y de ahí salió la historia sobre Bragg y Miffy, el hurón huidizo. A menudo, cuando nos veíamos, era Hans quien me preguntaba cómo estaba Rocco, qué habían hecho ahora él y el profesor, si se habían vuelto a emborrachar juntos. «No te preocupes, que yo no me voy a ir a vivir contigo, aunque es verdad que a veces paso aquí mucho tiempo». Me preguntaba por Maddie, supongo que a sabiendas de que yo nunca habría tenido aquel interés romántico por una mujer. Era un juego y los dos jugábamos. A Hans le divertía que la pura invención se mezclara con elementos de su propia vida. ¿Fue todo a más? Supongo que sí, que cuanto más nos conocíamos, más escribía yo y menos lo compartía con él, porque Rocco cada vez era más mío.

Terry hizo una pausa y, para cuando retomó el relato, su expresión era la de quien está llegando a un presente menos grato.

—Un miércoles que Hans tenía una audición vino Mina a buscarme. La vi de pie junto a la pequeña valla, en el mismo lugar donde Hans me había esperado en aquella primera ocasión. Llevaba un vestido negro de lino, con rebordes de seda y bolsillos grandes, y un collar de oro envejecido del que colgaba una gran semilla pulida. La larga melena pelirroja recogida en una coleta alta, sus gafas de sol oscuras y la inmediatez de su sonrisa. También ella había reído divertida cuando le envié el pasaje sobre Fairbanks, y me dijo que se sentía halagada por haber entrado en la liga de los personajes de ficción. Ella no era Maddie, claro, pero tiempo atrás había compartido conmigo esa historia sobre la fría noche en Alaska.

La imagen de Mina con el vestido de lino negro ya no encajaba con la de Jessica Rabbit, pero mi mente siguió conjeturándola, aunque ahora se pareciera más a la actriz Jessica Chastain.

—Ese día que Mina vino sola, bajamos por la Octava Avenida hasta que giramos en dirección oeste para acabar en el Jane Hotel. El edificio seguía siendo el que se construyó a principios del siglo pasado para alojar al creciente número de marineros que pasaba por la ciudad. Entonces, su estructura de ladrillo rojo, que se alzaba frente al muelle de Cunard Line, se conocía como la American Seamen's Friend Society, Sailors' Home and Institute y sus habitaciones se asemejaban, en tamaño y disposición, a los estrechos camarotes de un barco. La noche se cobraba a veinticinco centavos cuando se trataba de tripulación y a cincuenta cuando los huéspedes venían de tierra firme. Cuatro años después de abrir sus puertas, acogió a los supervivientes del Titanic y, desde entonces, había sido un enclave de la cultura neoyorquina, notorio por alojar al *milieu* bohemio en los años setenta.

Terry hizo una pausa antes de explicar de dónde venía aquello.

—Yo no sabía todo esto, pero Mina, nacida y criada en Manhattan, me lo contó mientras sonaba la voz de Billie Holiday cantando *All of Me* en el bar del hotel. Todo en el local tenía apariencia pesada: los paneles de madera oscura que recubrían los techos, el terciopelo granate de los taburetes, las polvorientas cortinas. El conjunto creaba un efecto succionador y claustrofóbico. Esa tarde tuve enseguida la impresión de que Mina quería hablar de algo concreto y supuse que ese algo sería Hans. Una vez pedimos, cerró con cuidado las patillas de sus gafas de sol y me cogió la mano con semblante serio. Le preocupaba Hans, dijo. Le había contado algunas historias sobre sus compañeros de piso que le resultaban alarmantes. Sentía que era demasiado joven e inocente como para que esa combinación no supusiera un riesgo, que esa pareja con la que compartía casa podía ser una fuente real de problemas y que debíamos ayudarle a encontrar otro lugar donde vivir. No compartí aquellas preocupaciones y se lo dije, Hans era un adulto. «Pasáis mucho tiempo juntos», apuntó Mina. «Vigílalo. No lo veo bien últimamente». Quise señalar que Hans no era responsabilidad mía, tampoco suya, pero antes de pronunciarme, alzó la mano en señal de que aún tenía algo que añadir: «Y ese libro en el que trabajas, Terry. Cuidado. ¿Sigues con ello? Hans está muy solo aquí y tú lo tienes muy cerca. Podrías aprovechar esa cercanía para asegurarte de que está bien, no para escribir sobre él». La interrumpí: «Mina, no soy su padre». Antes de contestar, me sostuvo una mirada endurecida. Y sentí, a la vez, la fuerza de su mano, que apretó la mía contra la mesa: «Pero podrías serlo», me dijo. Y aún añadió: «Tienes edad para ser su padre, y serías un padre mayor».

Terry suspiró y nos miró con expresión afligida.

—Los dos supimos que la conversación había concluido. Después de aquello, Mina no podía decirme nada que no sonara a regañina ridícula, a rapapolvo de los de antes. Y yo no podía darle ninguna respuesta que no fuera a llevarnos a lugares comunes: pero qué insinúas, de qué me estás acusando, no finjas que me lo invento, qué estás haciendo con un chico tan joven, y un largo etcétera. Mina nos ahorró ese intercambio a ambos, pero al poco de aquel encuentro, todo se aceleró. Ya nunca volví a verla. —Sentí el tormento de Terry, que me pareció sincero y, seguramente, pensé entonces, también merecido—. Todo ocurrió muy deprisa después de ese aviso. Ya no hubo más ocasiones livianas en las que compartiera páginas de *Rocco* con ellos. La advertencia de Mina abrió algo, y supe que no podía dormirme si quería terminar aquella historia. No se me ocurrió que Hans fuera a desaparecer. Todavía disfruté de su compañía un tiempo, pero algo empezó a cambiar desde aquella conversación de sobreentendidos y silencios tácitos.

Terry fingió buscar respuesta a sus preguntas:

—¿Qué vio Mina? ¿Qué anticipó que podía pasar para avisarme con aquella intensidad? En cualquier caso, nunca me perdonó y supongo que yo a mí mismo tampoco, aunque poco importa ya eso. Y ahora que no está Hans, tampoco tiene sentido conjeturar una versión alternativa en la que yo lo ayudaba en vez de empujarlo. Mina lo intentó, intentó que yo viera el precipicio frente a él. Pero cuando estamos al borde de un acantilado no existen otras versiones. Tenemos una sola baza que jugar. Pude haberlo agarrado con fuerza para que diera un paso atrás, pero vi el salto desconocido, un lugar del que no se vuelve, y, con un solo dedo en su espalda, sin querer mirarlo a los ojos, lo empujé al abismo suavemente.

III

Habían pasado tres semanas desde la primera mañana que amanecimos en mi apartamento. La convivencia transcurría con sorprendente naturalidad. Rocco no pasaba suficientes horas fuera del apartamento como para tener un trabajo regular, aunque me habría sido difícil asegurarlo. De haberle preguntado, quizá me hubiera contado algo, pero tenía la impresión de que prefería no compartir en qué consistían sus días.

Aquella primera mañana no fue muy diferente a las que siguieron después, salvo por el efecto del alcohol de la noche anterior. Me desperté inundado por un abotargamiento mental y físico: la espalda retorcida (el puf-trampa) y la cabeza como una bomba a punto de estallar. Lo absurdo de la situación: ¿por qué había invitado a un completo desconocido a compartir mi apartamento? ¿Tanto odiaba la soledad? Salí de la cama y, tras ingerir dos aspirinas y medio litro de agua, me metí en la ducha. A borbotones, como el agua del grifo, me cayeron encima todas las razones por las que aquella había sido una nefasta idea.

Yo era un adulto. No tenía necesidad de compartir el ya de por sí pequeño apartamento. Él podía ser un desalmado, podía destrozarme a palos lo poco que tenía. Era mucho más joven que yo, más fuerte. Y aunque no fuese a lincharme, podría ser sucio, ruidoso.

Al salir del baño lo vi en el sofá con su sonrisa aniñada. Aquel chico nunca habría considerado lincharme; es más, sin su presencia era probable que no hubiera salido de la cama en todo el día. Un testigo de mi vida. En ese momento, el único que había. ¿Podría haber sido cualquier otro?

Rocco anunció que había hecho café y me alcanzó una de las dos tazas. Arqueé las cejas señalándole con la cabeza la silla donde había dejado su chaqueta la noche anterior.

—Ahora sí que no puedo con ella —dijo pasando la mano por el cuero.

—Pues hace menos calor que ayer por la tarde.

—Ya, pero por la mañana no hace falta fingir que se es otra persona —dijo con un guiño—. No tienes comida. Vamos a comprar algo. Y el aire acondicionado lo puedes ir tirando. No acondiciona y lo único que hace es gotear agua marrón.

Si Rocco tenía una vida anterior, no había indicios de ella. Pero cómo no iba a tenerla, solo los personajes de ficción empiezan a existir sin pasado. Había llegado solamente con la mochila que llevaba la primera tarde en Timbernotes. De vez en cuando aparecían en casa objetos personales o ropa. Quizá los recogiera de algún lugar o los comprara.

Un día, mientras bajábamos las escaleras que separaban el piso de la calle, acordamos una pequeña cantidad que aportaría al alquiler. Rocco entró en mi vida como lo hace el aire acondicionado cuando funciona, haciendo la existencia más ligera sin que nadie se lo hubiera pedido y contribuyendo de forma inmediata al bienestar.

Al día siguiente de acordar esa simbólica suma, sentí una curiosidad infantil por saber en qué consistían sus días y decidí seguirlo. Fingí quedarme trabajando después de recoger el desayuno, silbando, como se entiende que hacen quienes no tienen prisa.

—Voy a salir —dijo con su expresión despierta pero impenetrable.

—Claro, diviértete. Esta noche no sé si vendré a cenar.

Por la ventana, lo vi alejarse con paso ligero. Como tantas veces hemos visto hacer a los espías en el cine, guardé una distancia prudente e intenté no perder, en mis andares, el aire casual. No quería despertar interés o sospecha en los viandantes, aunque a los neoyorquinos, al vivir en un escenario de ficción, tiene que cruzárseles algo muy estrafalario para que les pique la curiosidad.

Caminó en dirección al Hudson y, al llegar a la esquina con Washington Street, giró a la derecha y siguió recto. Una vez cruzó Jane Street, vi que se paraba frente a las fuentes del pequeño parque de Washington Commons. No era el único. El calor había atraído a otros paseantes que leían periódicos a la sombra, acompañados de cafés helados y perros neoyorquinos. A pesar del caos y la precariedad en la ciudad, Nueva York está repleta de gente ociosa que no es visible o espectacularmente rica, pero sí dueña de su tiempo. La relativa paz de la zona me podía delatar, y estábamos suficientemente lejos de casa como para que, si Rocco se giraba en ese momento, sospechara algo al verme, así que empecé a guardar cada vez más distancia con él y, cuando giró de manera inesperada a la izquierda en Horatio Street, tuve que apretar el paso para no perderlo. Vi cómo entraba por una puerta que quedaba casi oculta bajo los andamios que llenaban la calle. Una chica bajita, con el pelo teñido de naranja y una coleta medio deshecha, le abrió la puerta. El trote me había colocado prácticamente a su altura. La chica, al verme petrificado en el umbral frente a ella, sonrió asumiendo que íbamos juntos.

—Perdona. Pasa, casi te dejo fuera. Cada vez somos más —dijo haciéndose a un lado para dejarme entrar. Una joven sin motivos para pensar que deberíamos desconfiar de casi todo lo que ocurre a nuestro alrededor.

—Sí, gracias. No te preocupes. ¿Los demás ya están dentro? —me atreví a preguntar, e inmediatamente sentí el calor que sube desde el estómago cuando se miente con descaro. Pero ella no lo percibió y me contestó cerrando el portón detrás de mí:

—Sí, todo el equipo está listo. Y también nuestras estrellas —dijo guiñándome el ojo y creyendo hacerme cómplice de algo que yo desconocía.

La seguí con un paso tan resuelto como el suyo. Hablaba a través de un micrófono acoplado a la oreja. Aunque se había olvidado de mí, su decisión era contagiosa, así que llegué detrás de ella a lo que parecía un plató de aficionados, quizá el escenario para rodar un anuncio. Había varias cámaras y gente con aspecto distraído detrás de ellas.

Encontré una pantalla blanca con ruedas detrás de la cual ocultarme y observar al grupo variopinto de gente sin llamar la atención. Una mujer con semblante poco amigable manipulaba a Rocco para colocarlo en una posición concreta y él se dejaba hacer a la vez que leía algo en su móvil. De repente, alguien movió la pantalla, arrastrándola por el lado contrario al mío, y tuve que seguirla como habría ocurrido en una escena protagonizada por la Pantera Rosa. Si el hombre que la movía vio mis pies desde su perspectiva, no hizo amago de indagar en ello. Pero yo sentí que mi posición iba a delatarme, así que fingí estar tomando medidas (pero para qué). El hombre me miró extrañado al llegar al destino, pero, como tantas veces que nos encontramos ante una situación incomprensible, la dejó pasar. Desde mi nuevo ángulo no alcanzaba a ver tan bien el escenario, pero divisé a Rocco, atento a las órdenes de la mujer que lo colocaba y recolocaba.

Lo vi moverse y gesticular. Me encontraba lejos del centro de la acción, pero me pareció que, más que hablar, lo fingía, como cuando queremos que alguien crea que no nos oye y movemos los labios simulando un volumen de voz normal. A su alrededor, tres chicas tomaban medidas de su cuerpo y de la distancia que lo separaba de distintos objetos.

—¿Le puedo ayudar en algo? —El hombre de la pantalla regresó con la curiosidad recuperada. Algo le habría hecho fijarse en mí y volver a indagar.

—No, gracias, tengo todo lo que necesito.

Su mirada dudó un instante. Me escaneó de arriba abajo; ya no le pasaría por alto si volvía a verme por allí. Abrí la mano derecha y medí a palmos la pantalla. Le vi fruncir el ceño, pero no iba a decir nada. Yo ya estaba en movimiento, le había tomado por sorpresa y me iba con mis palmos y el paso ligero.

Deshice el camino andado y regresé a casa. No había averiguado nada sobre Rocco que no supiera el día anterior, o no con seguridad. Quizá reemplazaba a algún actor. Tenía entendido que a veces se hace eso con los que son quejicosos o se cansan fácilmente; alguien los sustituye para hacer las pruebas de luz y sonido. Llegué a casa ya sin prisa, pero sudando y pensando en la escena.

Tal vez Rocco tenía la profesión más anónima de todas: hacerse pasar por alguien que se dedica a fingir ser otros. La indefinición lo acompañaba como su sombra, así que la ocupación fantasmal, pensé, se ajustaba bien a la imagen que yo, a falta de otra, me iba forjando de él.

Podía y debía preguntarle algo sobre su vida, su profesión, qué era de él antes de vivir conmigo. También podía continuar siendo el testigo perfecto. Él en la sombra y yo con un motivo para volver a casa, para levantarme de la cama, para comer algo que no fueran cereales. Podía seguir existiendo solo para mí, en una nebulosa de la que yo desconocía casi todo, mientras me hacía un poco más corpóreo con su compañía.

Esa tarde no lo vi en el apartamento, el espacio que había pasado a ser de los dos. Cuando empezó a caer el sol, salí del piso y entré en la cafetería de enfrente. Me senté en una mesa junto al ventanal; intuí que podía pasar mucho tiempo hasta que me levantara. La cafetería abría las veinticuatro horas del día y, desde allí, tenía la ventana del salón en ángulo perfecto, la luz apagada como la había dejado. Esperé.

IV

No sé cuánto tiempo pasó desde que me instalé en la mesa hasta que vi encenderse la luz del salón. Sí sé que cuando se iluminó me sobresalté: no había visto a Rocco entrar por la pequeña puerta oxidada del edificio, pero solo podía ser él. De repente abrió la ventana de par en par y quedó enmarcado por la cortina. Al verlo, temí que bajara la mirada y me descubriera, pero miraba a lo alto con atención. Llevaba puesta la cazadora de cuero y permaneció con la vista fija en el cielo y los brazos teatralmente agarrados a ambos lados del marco. Yo mismo alcé los ojos en busca de lo que había atrapado su atención, pero en la oscuridad del cielo solo se intuía la timidez de alguna estrella.

Aunque seguía sin saber nada de él, su presencia me daba una tregua de mí mismo y de todo lo ya irreconciliable: las vidas de los demás que seguían adelante sin mí, la existencia sin grandes propósitos, el recuerdo de Maddie. Qué tendría Maddie frente a sus ojos, su imagen en el espejo o la mirada de quien la hiciera feliz.

En su anonimato y falta de definición, imaginaba a Rocco posando, no solo como lo había visto en aquel plató, sino como anfitrión de eventos sociales, en actos benéficos. Rocco el filántropo. Rocco con un pijama de seda, bailando en un amplio apartamento de madera oscura. La ciudad le abriría los brazos y lo acogería. Con su aire aniñado, su existencia podría ser como una ficción que hace insoportable la vida real. Rocco, su protagonista, iluminando estancias, deslizándose por donde pisara, compasivo y carismático. Podría ser cualquiera mientras no tuviera pasado y nada lo persiguiera. Podría existir solo para ser yo más ligero y escribir estas líneas.

Apoyado en el marco de la ventana, tecleaba con la mirada clavada en la pantalla del teléfono. No tenía aspecto de filántropo ni de gran anfitrión, tampoco de querer serlo. ¿Qué esperaba de Rocco? ¿Que fuera sin ser? ¿Que estuviera y no se fuera nunca? ¿Que se quedara a mi lado sin necesitar nada?

En ese momento un coche frenó en seco frente a la cafetería y el sonido de los neumáticos contra el asfalto sobresaltó a los que estábamos cerca, también a Rocco. Cuando devolví la mirada al balcón, él había salido de su estupor digital y me contemplaba con ojos sonrientes. Alzó los hombros y levantó las manos al aire, qué haces ahí, sube, ¿te quedas?, entonces bajo.

No sospecharía que lo había seguido, tampoco que me había sentado allí para esperar su llegada. Cómo iba a sospechar de unas intenciones que yo mismo desconocía.

Es dulce encontrarse fuera de casa con quien vivimos. Se afianza la cercanía al vernos vestidos para el mundo exterior; se estrecha un vínculo la noche que bebemos en un bar sabiendo que volveremos al espacio donde esperan las medicinas y manías de ambos. Cuando Rocco bajó y ocupó la silla a mi lado, esa intimidad no era visible para nadie más. Recordé la primera tarde que habíamos compartido mesa en Timbernotes y la complicidad que nos había unido entonces. Ahora, ambos sabíamos que apenas había comida en la nevera, que el congelador estaba lleno de *tuppers*, conocíamos el punto en que había que empujar la puerta de entrada para abrirla o dónde se hundía el sofá del salón.

—Me ayuda estar fuera de casa para escribir mejor, pero, si me voy muy lejos, pierdo las ganas. ¿No sientes a veces una prisa irrefrenable por estar en otro lugar? Y luego, cuando por fin llegas, descubres que es demasiado tarde. —Las explicaciones no eran necesarias; él no me había preguntado qué hacía allí.

—No, creo que no me pasa. ¿Demasiado tarde porque ya se ha ido la gente o porque ha terminado algo?

—Porque ha terminado algo, aunque solo dentro de ti. Me ayuda salir de casa para ordenar los pensamientos antes de ponerlos en papel, pero la ciudad es grande y está llena de obstáculos. A veces, durante el trayecto, lo pierdes todo.

—¿Todo?

—El ímpetu y las ganas de escribir, a veces también las ideas. En casa tienes todo lo necesario para trabajar, pero te sientes incorpóreo, siempre sin testigos.

—¿Quiénes son aquí tus testigos? —Lo preguntó con tono de mofa bienintencionada mirando a su alrededor; en la cafetería no había un alma.

—Es verdad, tampoco aquí tengo testigos —dije encogiéndome de hombros—. Hoy no he tomado ninguna buena decisión; hoy he perdido todo. —(Pero perder también es seguirte por la calle y fingir que solo existes para mí).

—¿Y qué haces cuando no pierdes las ganas? ¿Escribes historias?

—Sí, escribo lo que puedo. —(Últimamente te escribo a ti sin que sepas que te miro, cuando crees no tener testigos de tus pasos).

Me miró con algo a medio camino entre la lástima y el afecto mientras se pasaba un dedo por las montañas del tatuaje que llevaba en la muñeca.

Supuse que había perdido la batalla en el proceso de interesarlo. Quizá él sabía que nunca había existido la guerra y que todas las batallas estaban perdidas de antemano. Pero aquella noche aún me dio una tregua invocando a nuestra complicidad y a nuestro espacio.

—¿Estás escribiendo sobre los *tuppers* de casa? ¿Por eso están siempre en el congelador haciendo de testigos?

Lo dijo serio y mi sonrisa provocó la suya.

—No sé ni qué tienen esos *tuppers*. Esperaba que te atrevieras tú con ellos. Para eso te invité a vivir conmigo, y luego ni los has tocado.

—Un día lo intentamos los dos juntos. No quiero ser conejillo de Indias. Pero esta noche vamos a cenar al vietnamita. Con el tamaño de las porciones, seguro que salimos de allí con otro para tu colección.

—Nuestra —dije con énfasis.

Rocco podía tomar cuanto quisiera de mi respuesta. Y si no cogía nada, yo ya había perdido la batalla de todos modos.

—Claro que nuestra —respondió. Y me miró sin disfrazar la mirada, diciendo sin deseo que honraría su parte del trato, aunque nadie había dicho nunca que lo hubiera.

No era difícil suponer que las personas que le interesaran a Rocco fueran más jóvenes, elegidas por él, hombres o mujeres repletos de futuro, de vicios magnéticos, de belleza y de crudeza. Personas que no eran yo, que no cenaban cereales a solas, ni sudaban a todas horas, ni paseaban un cuaderno por la ciudad.

—Vámonos. Tengo hambre y el vietnamita se va a llenar —dijo levantándose.

De camino al restaurante supe que, si había una noche para averiguar algo sobre él, era esa. Aún no entendía qué había pasado en la cafetería. Si lo deseaba, el deseo no había pasado por mi conciencia. Pero se había roto algo, o era solo que el lapso en el que las palabras aún no han contaminado una historia ya no iba a volver.

—Rocco, ¿qué haces durante el día? ¿Trabajas? —le pregunté cuando llegamos a nuestra mesa.

Me sentí ridículo, un padre reprimiendo a un hijo. La peor versión de la ridiculez, la que pasa por pedir explicaciones.

—Trabajo, sí. Antes de vivir contigo era actor de teatro. Ahora hago pruebas de luz y sonido para otros actores.

—¿Ya no trabajas como actor?

—No. Tuve que alejarme de mi mundo, especialmente de mis compañeros de piso, que también son actores. No puedo volver a verlos y, sobre todo, no pueden verme ellos a mí. De hecho, solo he empezado a hacer estas pruebas de luz y sonido en la última semana. Antes ni eso.

Le había cambiado el gesto mientras decía aquello. No supe cómo reaccionar al temor que emanaba de él, ni cómo preguntar sobre esos compañeros y la necesidad apremiante de mantenerse alejado. Así que me quedé con lo último que dijo.

—¿Entonces las primeras semanas que estabas en casa no trabajabas?

—Eso es; de hecho, desde el día que nos conocimos.

—Nunca me habías dicho nada.

—Nunca me habías preguntado.

—No quise inmiscuirme. ¿Qué pasó el día que nos conocimos?

—Me acababa de marchar del apartamento que compartía con Emi y Prandi, los actores con los que vivía. Poder quedarme en tu casa fue un alivio; las primeras dos semanas, apenas salí de tus cuatro paredes.

De Rocco brotaba el desasosiego de quien está paralizado por el terror de lo venidero y prefiere no hablar. Esa noche lo vi inmovilizado ante algo que yo desconocía. No se me había ocurrido que su indefinición se pudiera deber al miedo. Se me amontonaban las preguntas, pero esperé. Rocco cogió uno de los langostinos con los palillos vietnamitas y me miró mientras lo sostenía en el aire:

—La tarde que nos conocimos en Timbernotes —dijo con tribulación— yo había pasado el día deambulando y no tenía dónde dormir, ni esa noche ni ninguna de las que vinieran, porque había huido de mi casa en silencio, como un fantasma que se escabulle para no volver.

Aquella mañana, al salir de la tienda de campaña en la inmensidad de la playa socotrí, no perdí mucho tiempo, pero me acerqué a la orilla y dejé que el Índico me bañara las piernas. Recordé el estudio de un neurocientífico sobre los beneficios del mar en el cerebro; tenía efectos positivos para el sistema inmunitario y facilitaba la circulación sanguínea. El mar, el amor. Tenían la capacidad de provocar un bienestar indiscutible, pero también podían acabar contigo si no te mantenías a flote.

Se me ocurrió que de poco me serviría un buen riego sanguíneo si no salía de aquella. Pero esa es una idea inconcebible: la posibilidad de que algo acabe tan mal que abandonemos para siempre el lado de los vivos. La vida es tenaz, y el instinto de supervivencia, pura cabezonería. Salí del trance índico y me dirigí a la tienda para ver qué provisiones quedaban: unas pocas bolsitas de comida deshidratada, agua, un pequeño botiquín, una navaja suiza. En la mochila de Daniel se encontraba el resto de la comida, una brújula y otras cosas que podrían haber sido útiles. Pude haberle gritado y maldecido, pero estaba sola con los elementos potencialmente hostiles de la isla y no iba a ser yo quien iniciara una batalla verbal en su presencia.

Habíamos caminado durante dos días desde la capital, Hadiboh, para llegar a esa playa, pero no por la costa, sino a través de la zona de Jo'oh, donde había uno de los asentamientos de árboles pepino. Abrí el mapa para entender mi posición. No podía estar tan lejos de la capital, tal vez a unos treinta kilómetros. La playa debía de ser Delisha. Ahora sé que sí lo era y que en árabe significa placer, y también la posibilidad de hacer felices a los demás, según el contexto. En vez de desandar los pasos que habíamos dado desde Jo'oh, sería más fácil seguir el litoral para no perderme, así me toparía con Hadiboh, que estaba en la costa. Avanzar en la dirección incorrecta sería la perdición, pero si el mar miraba al norte no cabía duda de cuál era el oeste. ¿O sí? Qué mal equipada me sentía, con mis escasas provisiones, la cabeza llena de poemas y mi cuestionable sentido de la orientación.

En dirección oeste, el suelo pedregoso se convertía rápidamente en arena fina. Y esa arena había formado una inmensa duna que entraba al mar, majestuosa en su magnitud y sinuosa en su textura; rodearla por delante sería imposible, y hacerlo por detrás supondría bastante más tiempo que subirla y luego bajarla por el otro lado. ¿Cómo sería la arena en lo más alto? ¿Demasiado fina como para aguantar el peso de una persona?

El calor apremiaba cada vez más y supuse que, cuanto antes saliera, menos sufriría el sol justiciero de las horas centrales. Me vinieron imágenes de quienes se perdían en los desiertos y de cómo el cerebro conjeturaba escenas de oasis fresquitos y palmeras, aunque casi todas las representaciones de mi recuerdo eran de dibujos animados, así que seguramente aquello no ocurriría de un modo tan teatral. ¿Cómo recordaría aquel instante si vivía para contarlo? Decidí subir la duna y, si una vez en la ladera la juzgaba poco sólida, volvería y la rodearía por detrás.

Como soy un poco supersticiosa, creí haber espantado las escenas idílicas de Socotra a base de imaginarlas. En ese momento, según me acercaba a la duna, revoloteaba una mariposa que me trajo a la memoria el efecto del mismo nombre. El que explica cómo un aleteo puede cambiar la realidad en dos mundos idénticos que solo se distinguen por ese batir de alas. En uno de ellos se puede producir un tornado que provoque la destrucción, mientras que en el otro no. ¿En cuál de los dos estaba? ¿En el que se salva la protagonista o en el que sucumbe al hundimiento?

El insecto se alejó en dirección al mar y yo comencé el ascenso. Como en los espejismos, pronto entreví que alguien asomaba por la cima. Un hombre agitando el brazo trataba de atraer mi atención. Si me estaba volviendo loca, lo estaba haciendo con gran claridad, porque le oí pronunciar mi nombre. Pronto entendí que se trataba de Saleh. Clavé mis rodillas en la arena y, para cuando llegó a mi altura, me estaban cayendo lágrimas de sudor, sal y agradecimiento. Había acompañado a Daniel a Hadiboh, pero acordaron que volvería a por mí, me dijo. En el camino de vuelta se había hecho un corte en la pantorrilla y por eso había tardado más.

—Pero ¿y Daniel?

Bajó la mirada, y yo musité varios gracias. Nos acercamos a la orilla para que se lavara la herida y le enseñé lo que había cogido para emprender el camino de vuelta; me señaló la tienda, debíamos llevarla también, aunque pesara, por si acaso.

Sería la tercera vez que él recorría la distancia entre la playa de Delisha y Hadiboh. Había pasado media noche caminando con Daniel y otra media volviendo para recogerme, y en ese momento, además, tenía el corte en la pierna.

No compartí todo esto con Terry y Bou, cómo iba a contar tanto.

—¿Cómo saliste de Socotra? Aún no nos has contado qué pasó —dijo Terry.

—Saleh regresó a buscarme. Hicimos el camino de vuelta juntos, me acogió en casa de su familia esa noche y tomé un vuelo al día siguiente.

—¡Menos mal! ¿Y si no hubiera vuelto?

Ah, no, no iba a dar rienda suelta a las conjeturas que había pasado tantas noches espantando lejos de mi cerebro, al que siempre le ha tentado el pensamiento hipotético. No. Saleh volvió y yo coloqué un espantapájaros para alejar desconcertantes supuestos.

El camino de vuelta fue largo, pero no interminable. A pesar de las circunstancias, Saleh se comportó como el guía entusiasta que era y, cada vez que parábamos para beber agua, me contaba alguna curiosidad sobre la isla.

Cuando nos topamos con un navío petrolero encallado en las dunas, me dijo que estábamos a medio camino. La historia del Gulf Dove era muy triste para la conservación de la flora y la fauna de la isla, me explicó. El barco llevaba encallado un año y había destruido la barrera de coral del fondo del mar. No había suficiente información sobre el carguero, pero no parecía probable que se fuera a hacer nada al respecto en el corto plazo. Pasamos muy cerca; su descomunal tamaño y su estado de deterioro lo convertían en un fantasmal pecio al nivel de la superficie. ¿Cómo sería moverse por dentro? ¿Reinaría un silencio aterrador en el que se oirían los chasquidos de su esqueleto oxidado, el goteo constante, la espesura de las manchas del petróleo que un día transportó?

Pensé en el Gulf Dove cuando Terry nos contó su encuentro con Mina en el Jane Hotel. Hoy los turistas pagaban por recrear una ilusión que los hiciera sentirse, momentáneamente y sin riesgos (luego no), como lo habían hecho los marineros durante siglos: solos, atrapados en colosales buques que podían ser su salvación y también su tumba, rodeados de un mar en el que tenían que confiar para no enloquecer.

Cuando Saleh vio las primeras casas de la parte más oriental de Hadiboh, las señaló y se giró con una amplia sonrisa: «*Yallah, yallah*». Le dije que, si me indicaba cómo, yo podría dirigirme al aeropuerto y, una vez allí, esperar algún vuelo de Air Arabia que me llevara a Abu Dabi, pero negó con la cabeza. Ya lo habían mirado, habló en plural. Daniel había cogido el único vuelo a Abu Dabi del día; yo dormiría en casa de su familia esa noche y haría lo mismo al día siguiente.

No alcanzaba a abarcar lo incomprensible de ese día. Daniel podría haber terminado la relación por la mañana. Habríamos puesto rumbo a Hadiboh, viajado juntos hasta España. Hubiéramos hablado durante las escalas, no, no había funcionado, ambos lo sentíamos, una lástima. Nos hubiéramos despedido en Barajas, incrédulos, somnolientos. Pero no pasó nada de eso y, con el tiempo, agradecí no haber visto los ojos lastimeros de Daniel. ¿Habría salido de aquella isla si la pierna de Saleh hubiera sangrado más y no hubiese podido volver? Ah, pero yo tenía mi espantapájaros para todas las conjeturas y aquello, como la despedida lacrimosa en Barajas, tampoco fue parte de esta historia.

En la casa de Saleh vivían su esposa, Jananiah, sus cuatro hijos y sus padres. Al poco de llegar caí en un sueño profundo. Cuando desperté, había oscurecido y olía a comida. Por la casa había recuerdos cuyo origen imaginé que serían los turistas para quienes Saleh hacía de guía: una estatuilla de Elvis, un cartel que decía ALOHA!, revistas americanas y objetos variopintos. Supuse que, como resultado del contacto con extranjeros, la familia vivía con más comodidades que la mayoría de la población. Extranjeros que visitaban la isla como yo, o como Daniel, y para los que Socotra se limitaba a una visión de árboles sublimes y playas eternas.

Jananiah me enseñó dónde estaba el baño. No teníamos ninguna lengua en común. Pero compartir un idioma nunca ha sido requisito para entenderse. Me senté con ella y su recién nacido en la cocina y, cuando llegaron sus otros tres hijos, les dijo mi nombre y les indicó que me enseñaran el patio de la casa. El mayor me cogió de la mano y ella se quedó dando el pecho al bebé.

En el patio había un pequeño lavadero. Al pasar, vi mi reflejo en el agua, inestable y convulso, como lo es siempre que nos vemos en el espejo trémulo de la superficie acuosa.

> *Are you alive?*
> *I touch you.*
> *You quiver like a sea-fish.*
> *I cover you with my net.*
> *What are you—banded one?*

[¿Estás viva?
Te toco.
Te estremeces como un pez marino.
Te cubro con mi red.
¿Qué eres —pez anillado?].

Durante la cena, de vez en cuando Jananiah tecleaba en árabe en un teléfono y me enseñaba la pantalla después de pasarlo por el traductor para que yo viera el mensaje en español. Al acabar, me fijé en que Saleh tenía una venda limpia en la pierna. Me dijo que a la mañana siguiente me llevaría al aeropuerto para reservar una plaza en el vuelo a Abu Dabi y confirmar el cambio de billete. Salió a la calle con sus hijos, y Jananiah y yo nos quedamos recogiendo la cena mientras el bebé dormía en un pequeño capazo.

Cuando terminamos, le di las gracias por todo. Junté ambas palmas de las manos y las coloqué momentáneamente junto a la oreja, inclinando la cabeza, con el gesto que indica el acto de dormir. Asintió con amabilidad antes de coger el teléfono. Volvió a teclear algo y, cuando apareció la traducción en pantalla, le dio la vuelta para que yo la leyera, su mano izquierda en mi vientre:

Verás al doctor y estarás bien.

Al poco de acomodarnos de nuevo en el compartimento, sonó un teléfono. Terry miró a su alrededor, esperando que alguien que no fuera él se ocupara del presente inmediato. Aún tardó un instante en entender que el sonido venía de su móvil y empezar a buscar en qué bolsa se había quedado enterrado. Cuando lo encontró, salió y contestó seco, con un tono que no se parecía al de la rememoración.

Bou miró en mi dirección.

—¿Suelen ser tan entretenidos estos trayectos?

—Todo lo contrario. Y supongo que será difícil que vuelva a darse uno como este.

—Lo tomo como un cumplido —dijo sonriendo.

—¿Sabes hacer magia o solo te gusta como espectador?

—Lo he intentado sin mucho éxito. Creo que se me da mejor que me engañen que engañar. A veces practico con los trucos que conozco, pero tendría que dedicarle mucho tiempo para mejorar de verdad.

En ese momento entró Terry con semblante serio. Parecía abatido después de la breve conversación. Bou se incorporó y le miró a los ojos, como quien está decidido a obtener respuestas a sus preguntas.

—Terry, ¿Hans se fue a vivir contigo?

—No. Siempre conservó su apartamento. Pasaba mucho tiempo en el mío, pero cada uno tenía su casa. Nuestra relación no era la de Rocco y el profesor.

¿Cuántas veces habría dicho Terry aquello? A los demás, sí, pero supuse que también a sí mismo. En su gesto se entreveía la tensión de quien vive obnubilado por el pasado y a la vez atormentado por el presente, olvidando quizá que el abatimiento del Terry del tren era consecuencia directa de esa misma relación que rememoraba con nostalgia.

—Pero ¿sí que os fuisteis a Mallorca juntos? —insistió Bou.

—No. A Mallorca fui yo solo hace años. Hans y yo fuimos a Cambridge, Massachusetts, un destino menos idílico que la sierra de Tramontana. —Terry respondió con el tono de quien está harto de que le reprendan.

—¿A Cambridge? ¿A qué? —preguntó Bou frunciendo el ceño.

—Me acompañó a un congreso. Pero no ocurrió nada de lo que estáis imaginando, ni nada de lo que sugirió Donovan Seymour en su artículo, en el que aseguraba que me llevé a mi joven amante a vivir una aventura tórrida a las Baleares antes de destrozarle la vida. Ni hubo aventura, ni fue tórrida, ni fuimos a Baleares. De hecho, Hans nunca fue mi amante. Y lo de que le destrocé la vida..., bueno, eso ya depende de cómo se interprete lo que pasó.

Y después de enumerar todo lo que no sucedió, Terry se dispuso a relatar lo que sí ocurrió.

—Hans cada vez se sentía más a disgusto en su apartamento. La frecuencia y el tono de las discusiones entre sus compañeros iban en aumento, con amenazas y gritos, con un potencial de violencia que bullía rápidamente a la superficie. Creo que sintió un enorme alivio cuando lo invité a venir a Cambridge. Allí pasamos tres días en un apartamento frente al río Charles. Por las mañanas, él salía a correr por la orilla mientras yo iba al congreso. Cogíamos la comida en la Salumeria Rocco, una pequeña tienda italiana que preparaba sándwiches con sus productos: partían la *mozzarella*, loncheaban el *prosciutto crudo*, sacaban los tomates secos de unos enormes tarros y te hacían el mejor almuerzo en doscientos kilómetros a la redonda.

—¿Salumeria Rocco? —preguntó Bou.

A mí tampoco se me había escapado, pero no quise interrumpir.

—Sí, ya lo sé. Caprichos de la vida; lo lees en una novela y no te lo crees. En fin, comíamos sándwiches junto al río y después del congreso íbamos a visitar alguno de los museos de Cambridge. Recuerdo la cara de Hans ante la sorpresa que le produjo la colección de flores de cristal del Museo de Historia Natural de Harvard —dijo Terry, y Bou le sacó un momento de su ensoñación para dirigirse a mí.

—¿Has estado alguna vez? —me preguntó—. ¿Conoces esa colección?

Le dije que no, pero que había leído sobre ella en una novela hacía poco.

—Tienes que verla. Es lo más parecido a la magia; puro artificio. Un repertorio de reproducciones de plantas y flores que el visitante sabe que son solo un calco perfecto de cristal que se creó con fines docentes; la colección sabe que el público lo sabe, pero finge al dedillo.

Terry le miraba con ojos atónitos. Tal vez Bou nunca le había interrumpido hasta ese momento.

—Bueno, si nos vas a dar tú una clase maestra sobre los museos de Harvard, te escuchamos.

Bou se hundió en el asiento y le devolvió la palabra a su profesor, que continuó su historia:

—Una tarde, sentados en un banco del paseo fluvial, le conté a Hans que la sensación de humedad que emanaba del río me recordaba mi infancia. Nací en el estado de Mississippi y, en esas latitudes, los veranos son pegajosos y aplastantes. Respirar la atmósfera acuosa provocada por el río me devolvió a las noches pastosas de cuando era pequeño. A menudo las pasaba en un duermevela, escuchando los insectos del exterior y, cuando conciliaba el sueño, soñaba que estaba bajo el agua.

Me compadecí de Terry. Yo también sufría ese sueño fatigoso e interrumpido que es la duermevela, cuando el cerebro se debate entre dormir y vigilar. Dormir porque el cuerpo lo pide y velar para que ese mismo cuerpo no se quede sin alguien que lo vigile mientras llega el sueño de la razón.

—Compartir con Hans esas noches de infancia junto al Mississippi —continuó Terry— lo llevó a contarme la historia que desencadenó el resto de la tragedia, suya y mía, porque también yo sufrí la desaparición de Hans.

Terry contaba mientras contemplaba la oscuridad por la ventanilla; de repente se detuvo y cerró los ojos, perdido en algún lugar de su conciencia. Siempre me ha llamado la atención que, aunque el ensimismamiento ocurra muy dentro de uno mismo, el término «ensimismado» sea intercambiable, y así, nunca diría que yo, Alicia, estoy enmimismada, aunque sería lo más preciso para denotar ese estado.

—¿Terry? —dijo Bou.

—Perdón. Recordaba el momento en que Hans me contó con pesadumbre que su infancia también había estado marcada por noches turbulentas y, de hecho, mucho más aterradoras que mi duermevela. Justo en el momento de estar conciliando el sueño, tenía inquietantes visiones con una apariencia de realidad extraordinaria. Según me contó, en esos instantes, a veces oía un ruido cada vez más ensordecedor y, al mirar hacia arriba, descubría que del techo caía una pesada losa a punto de acabar con él. Como no estaba del todo dormido, no podía exactamente despertar del horror, pero, cuando conseguía salir de ese estado limítrofe, reparaba en que hacía escasos minutos que se había acostado. Había un sinfín de visiones angustiosas cuya procedencia el niño no conseguía distinguir; tal vez eran obra de su subconsciente, pero era también posible que estuvieran sucediendo en la realidad. Según me dijo, las más recurrentes comenzaron unos meses antes de que sus padres se divorciaran.

Terry ya no volvió a quedarse ensimismado, y siguió relatando aquello que Hans le había confesado frente al río Charles:

—Al parecer, sus padres tenían peleas durante el día que el niño pequeño que era Hans nunca supo si continuaban durante la noche. No podría haber asegurado si lo que él veía y oía poco antes de dormirse correspondía o no a la realidad. Su padre, un suizo alemán de casi dos metros de alto, solía mostrarse colérico y agresivo en aquellas discusiones. Por la noche, las peleas eran siempre más violentas, y la madre de Hans mandaba al niño aterrorizado a su habitación. Una vez en la cama, en ese estado que se encontraba entre la vigilia y el sueño, el pequeño Hans entreveía la sombra del padre en el marco de la puerta, el contorno de su madre llorando a los pies de su cama, los gritos nebulosos de ambos, las siluetas en la pared, cada vez más grandes, cada vez más próximas. Intentaba moverse y gritar, pero no lo conseguía. La confusión y la angustia que le generaban esas noches aumentaron según avanzaron las malas relaciones entre sus padres, y en las semanas previas a la separación el niño se sentía presa de un tormento en el que no distinguía los límites entre la realidad y lo que conjeturaba su cerebro dormido.

»Un día, su madre lo llevó a un psicólogo infantil, cuya recomendación fue que viera a un neurólogo especializado en trastornos del sueño. Le habló de la doctora Ponidopoulos, que tenía un excelente ojo clínico y un trato cercano, y por eso muchos de sus pacientes eran niños. Era griega, pero pasaba consulta en Ginebra, a solo una hora del pueblo donde vivían. Tras la primera visita, la doctora le hizo una videopolisomnografía y otras pruebas. Se vieron varias veces; el niño era tímido, pero se comunicaba bien con la doctora, que tenía la habilidad de quitarle el miedo a los cables y electrodos.

»Al cabo de algunas sesiones, les explicó que lo que le ocurría se conocía por el nombre de alucinaciones hipnagógicas. *Hipno* venía del griego y significaba sueño y *agōgos* significaba inducir. Se trataba de unas alucinaciones que podían ser visuales, auditivas o incluso táctiles, como parecían serlo en el caso del niño, y que se producían en el momento de conciliar el sueño. Hans recordaba cómo, mientras la doctora hablaba con su madre, le iba haciendo una traducción *in situ* a él: "Madame Haig, algunos pacientes lo describen como vivencias paranormales, apariciones o premoniciones; en cualquier caso, son experiencias que pueden generar gran estrés y ansiedad, aunque no entrañan un peligro como tal para el niño". "Hans, algunas personas piensan que lo que ven en ese momento es verdad, pero no lo es, es como una película de mayores que te da miedo, pero que sabes que es mentira". "Madame, a las alucinaciones hipnagógicas a menudo las acompaña la parálisis del sueño y, de ser así, el niño sentirá que no puede moverse, lo que le puede generar una tremenda ansiedad". "Mira, Hans, si no te puedes mover cuando te pasa esto, no te asustes, dura muy poco. Respira con los ojos cerrados y piensa en tus dibujos animados preferidos".

Terry relataba lo que Hans le había contado que le había recomendado aquella doctora; la historia se remontaba en el tiempo y el espacio.

—Creo —dijo Terry a modo de inciso— que, aunque el episodio estaba rodeado de confusión, a su corta edad Hans entendió lo siguiente: le pasaba algo, pero la apariencia de lo que le ocurría era más grave que lo que le estaba sucediendo. Esto, sospechó Hans, era mejor que si la situación fuese la contraria.

Me pregunté si habría sido Hans quien le había dicho aquello o si Terry lo habría inferido de la historia.

—Según me contó Hans, había sentido un enorme agradecimiento hacia la doctora Ponidopoulos por sus traducciones al idioma de los niños y sus ganas de sacarle el miedo del cuerpo dormido, pero hasta que sus padres no se separaron y terminaron aquellas discusiones, no acabaron las alucinaciones hipnagógicas. Después de aquella charla con Hans nunca volví a sentirme tan cerca de él —dijo Terry afligido—. Me conmovió mucho la historia. Le pregunté si, desde entonces, había vuelto a sufrir aquellas alucinaciones. Bajó los ojos y me dijo que nunca pensó que tuviera que volver a lidiar con ellas. Sin embargo, en las últimas semanas, según aumentaba la tensión entre sus dos compañeros de piso, habían vuelto aquellas aterradoras visiones. Me sorprendió que aquello le afectara tanto siendo adulto. Pero, sobre todo, me asombró la intensidad de su pesar cuando lo contó.

»Recordé la conversación con Mina en el Jane Hotel. Ella había intuido que algo en esa casa lo atormentaba. Le dije a Hans que algo sabía, pero que no lo había tomado por una cosa tan seria. Me dirigió una mirada llena de angustia; no podía estar seguro de lo que era aquello, pues le ocurría lo mismo que con las discusiones de sus padres: él se iba a dormir escuchándolos discutir en la distancia y, una vez se metía en la cama, comenzaban aquellas alucinaciones sobre esas mismas discusiones. Oía palabras amenazadoras y violentas con una apariencia de realidad alarmante, pero sin saber si estaban verdaderamente ocurriendo. Ahí se encontraba la raíz de la angustia, en no saber si, durante esos trances, una persona estaba destruyendo a otra o si simplemente dormía a su lado. Desde que empezaron las discusiones entre sus compañeros de piso y regresaron aquellas alucinaciones, me confesó con la voz quebrada, había vuelto a sentir aquel conocido miedo a dormir que, ahora como adulto lo sabía bien, no era sino miedo al miedo.

V

Aquella noche, en el restaurante vietnamita, Rocco dijo que me estaría siempre agradecido por haberle hecho un hueco en mi casa. Era un alivio, aseguró, no tener que volver a la suya salvo para recoger alguna cosa. Había confiado en él sin conocerlo de nada. ¿Por qué me había arriesgado?

—No lo sé. Algo en tus formas me impulsó a actuar como si fuéramos íntimos, aunque no nos hubiéramos visto nunca.

—Es verdad... A veces se tiene esa sensación con los extraños, pero ¿nunca pensaste que podía robarte o quedarme con tu casa?

—Se me pasó por la cabeza que quisieras lincharme, pero no que te quedases con mi casa. Como solo estoy de paso, el piso no me preocupó mucho —dije riendo.

—¿Lincharte? ¡Qué ocurrencia! —dijo con una carcajada—. ¡Nunca se me ocurrió lincharte!

Llegó más comida y se llevó a la boca un rollito. Cuando terminó de masticar, cambió el gesto:

—Me gustaría mudarme formalmente contigo y no tener que seguir yendo a mi antiguo piso a recoger cosas. Formamos un buen equipo, ¿no? —Antes de continuar se le ensombreció un poco el semblante—. No puedo volver al apar-

tamento con Emi y Prandi. Al principio pensaba que eran
solo altibajos y dramas, pero es más que eso. Y no puedo seguir allí.

—¿Qué quieres decir? Claro que formamos un buen equipo y puedes mudarte oficialmente cuando quieras. Yo adoro la
convivencia contigo. Nunca pensé que pudiera ser tan fácil
vivir con alguien. Pero ¿qué te han hecho Emi y Prandi?

—A mí nada. Aunque las discusiones entre ellos cada vez
están más cargadas de violencia. Prandi sabe cómo calmar a
Emi, pero no quiero seguir siendo testigo de sus amenazas.

—No tienes que volver. Como te digo, para mí vivir juntos es un sueño: escribo más y hasta duermo mejor desde que
estás en casa.

En ese momento, tendría que haber indagado, preguntado
a Rocco por esas personas para mí desconocidas. Pero lo tenía
frente a mí, quería poner tierra de por medio con su vida anterior, continuarla conmigo. No quise saber más.

—Vivir contigo es lo mejor que me ha pasado desde que
he llegado a esta ciudad —añadí.

Era una de esas conversaciones que giran alrededor de un
tema que se convierte en un poste central al que nunca se llega, como el centro de un tiovivo. Pero con mi último comen-
tario me arrimé tanto que Rocco no tuvo más remedio que
destaparlo.

—Hablando de vida en común... No te tomes esto a mal,
pero ¿me invitaste a vivir contigo esperando que nos acostára-
mos juntos?

Era inevitable que en algún momento saliera la conversación, pero al oír las palabras reaccioné como supongo que han
hecho tantos hombres en un momento como ese, con la baje-

za más rastrera: cómo te atreves a insinuar algo así, por quién me tomas, encima de que te ofrezco mi casa, crees que no sé los años que te saco, y una larga ristra de esputos que Rocco aguantó sin decir nada.

—Lo siento. Como últimamente tenemos un trato más cercano, prefería preguntártelo —dijo cuando acabé.

—Si me estás preguntando si te tienes que acostar conmigo para seguir viviendo en mi casa, la respuesta es no. Además, hace años que no tengo interés en los hombres.

—Mi pregunta era si esperabas que pasara algo entre nosotros y si estás decepcionado de que no haya ocurrido.

Podíamos haber seguido así toda la noche. Pensé en cuántas veces habrían colocado a mujeres en situaciones como la que yo estaba manufacturando con Rocco. Me detesté por ser una caricatura. Intenté retroceder, tragar saliva y un poco de ego.

—Supongo que sí. Pero no lo pensé de forma consciente. No había vuelto a mirar a un hombre desde hacía mucho tiempo. Cuando te invité a vivir a casa lo hice sin asumir nada, pero, una vez llegaste, empecé a disfrutar de tener a alguien que fuera testigo de mi existencia, y creo que poco a poco me sentí más y más cómodo sabiendo que ese alguien eras tú. Pero no me malinterpretes, no te estoy pidiendo nada a cambio. Algo sí, dinero, pero poco, solo el pequeño alquiler que acordamos.

—¡Cuenta con ello! Y hoy la cena la pago yo —dijo Rocco con un guiño.

Ahí podría haber quedado todo, pero con el mismo impulso que le propuse vivir en mi casa, le pregunté si quería hacer un viaje conmigo a Mallorca la semana siguiente. Como aquella primera noche hundidos en los puf-trampa, no me preguntó por qué, ni quién pagaba, ni en qué condiciones. Levantó su vaso de vino blanco en el aire.

—¡Por Mallorca!

Había reservado el viaje hacía casi un año, en un intento de salvar lo poco que quedaba entre Cynthia y yo, pero hacía tiempo que esa relación no había isla mediterránea que la salvara y, como cabía esperar, se terminó antes de que llegara la fecha de salida. Si hubiera rascado un poco en la superficie, habría visto que yo ya sabía que no iba a existir ningún futuro juntos. Pero es una de las formas más antiguas y maquiavélicas de transferir la responsabilidad al otro: ¡lo he intentado todo!, ¡cómo te atreves a reprocharme!, ¡hasta organicé un viaje a Mallorca y me dejaste tirado!

Supe del hotel por un documental titulado *Mallorca literaria*. Estaba escondido en la sierra de Tramontana, cerca del pueblo de Deià, en la zona de la isla que enamoró a artistas y escritores, desde Robert Graves y Gertrude Stein hasta Picasso, Cortázar o García Márquez. Quién podría no tener curiosidad por visitar el lugar después de ver aquellas imágenes y leer *Adiós a todo eso*. El hotel era una construcción del siglo XVI a la que se llegaba por un serpenteante camino de tierra flanqueado por olivos silvestres. En el trayecto dejamos atrás la Raixa, una finca de origen islámico que, a lo largo de ocho siglos, había sufrido cristianizaciones, incendios y otras penurias. Desde el coche vimos la imponente escalinata que abría paso al estanque de la finca, el responsable de alimentar a los jardines italianos que la rodeaban. Conducía yo y veía a Rocco pegado al cristal; lo suponía imaginando el pasado de aquel lugar. Qué habría presenciado esa casa en ocho siglos, qué poco podíamos ver nosotros en nuestra corta vida. Aunque nunca tuve la oportunidad de comprobarlo, siempre pensé que Rocco era proclive a la ensoñación. O tal vez era que yo, en su presencia, tendía a salir del presente y lo suponía a él haciendo lo mismo.

Pasamos una semana envueltos por el permanente color ocre que emana la sierra. Por las mañanas, él salía a correr por los caminos de tierra cercanos al hotel, luego desayunábamos y, dependiendo del día, recorríamos una cala, un pueblo, una ermita o un cementerio de la zona.

En Nueva York, llevábamos meses sin respirar un aire que no fuera viscoso y espeso. La brisa mediterránea de Tramontana, en cambio, era ligera y entraba sin que se reparara en ella. Y pensé que el aire debería ser así, como el agua para los peces, como el amor para los niños a los que siempre han querido, una presencia que nos rodea sin que reparemos en ella.

Imagino que Rocco percibía los efectos de la ligereza en mí y notaría que ese viaje había acelerado algo; ya no podía recordar lo que sentía por él antes de que el deseo pasara por mi conciencia. Ahora lo ocupaba todo y, como el aire, estaba siempre presente.

Una tarde estuvimos nadando en una cala pedregosa. Había un chiringuito en las rocas y fue allí donde, mientras las sombras de la tarde anunciaban la noche, Rocco me habló de por qué se había ido repentinamente de su casa para mudarse conmigo. Me contó que había conocido a sus compañeros de casa, Emi y Prandi, en una escuela de actores y que, ante la necesidad de encontrar a alguien con quien compartir las desorbitadas rentas de Nueva York, se habían ido a vivir los tres juntos.

—Se suele decir que tres son multitud, pero yo más bien creo que tres es el número más impar, el dígito más incómodo. Dos pueden ser amantes y dirigirse sus dardos o darse la razón constantemente; cuatro pueden dividirse según les parezca, pero tres es un número imposible —dijo.

Cuando no estamos rodeados de las cuatro paredes que nos dan cobijo a diario, a veces es más fácil contar. Hasta aquel momento, apenas sabía nada sobre su vida. Pero esa tarde, ante un mar cristalino y unas sombras que se estiraban, Rocco me habló de la extraña dinámica entre sus compañeros de piso.

No se habría ido a vivir con ellos de haber sabido que eran pareja, me dijo. Él había pasado más tiempo con Emi porque habían compartido varias clases: era un tipo algo arrogante y carismático. Incluso antes de convivir con él y conocer su peor cara, Rocco había percibido algo inquietante en su presencia; pensó que quizá tenía que ver con que las facciones de su cara estuvieran muy juntas: los ojos, la nariz, la boca, todas reunidas en un pequeño espacio en el centro del rostro, creando la ilusión de que el resto quedaba inutilizado. Prandi también era una persona con carisma; parecía más capacitada para la reflexión y la escucha que Emi, y no poseía esa cualidad turbadora. Era algo reservada y a veces escurridiza, pero tenía un aire de dulce tristeza que a Rocco siempre le hizo estar de su lado. No sabía demasiado sobre ella, y tampoco eso cambió después de la convivencia.

No le importó no conocerlos mucho; a menudo era más fácil compartir un espacio con quienes no tenemos excesiva confianza, por aquello de guardar las formas, dijo. Pero la relación de amor-odio entre Emi y Prandi hacía imposible guardar nada en aquella casa. Cuando se entendían bien, existía en la pareja una admiración casi delirante que lo abarcaba todo. Ese todo era literal porque, cuando pasaban por una de esas etapas, Rocco llegaba a casa y se los encontraba de pie en el salón, ensayando juntos y ocupando todo el espacio, riendo exageradamente, fumando y bebiendo todo el día en una casa tomada por restos de comida, colillas y desquicie hormonal. En esas épocas se convertían en amantes estridentes, pero, aunque aquello podía ser difícil de soportar, la otra versión era mucho peor. Durante los periodos de odio, la animadversión entre ellos también lo llenaba todo. Las discusiones y los gritos solían estar desencadenados por los celos de Emi, que veía en todos los compañeros de reparto, cámaras y técnicos una amenaza constante. Rocco nunca había conocido a nadie con aquella capacidad de tergiversar cualquier información hasta convertirla en un infierno para él mismo. Era una situación insostenible, pues Prandi estaba, de acuerdo con la versión desquiciada de Emi, bien engañándolo, bien a punto de hacerlo con todos los hombres que se le cruzaban.

En sus círculos de actores, los celos y trastornos de Emi, así como los altibajos de la relación, eran de sobra conocidos y, a menudo, los directores de reparto intentaban que no trabajaran juntos o, en general, buscaban la manera de no lidiar con Emi, que era famoso por los ataques de celos en los ensayos y por retrasar y descarrilarlo todo.

La noche antes de conocernos en Timbernotes, dijo, él había llegado al apartamento y se había encontrado con una de esas discusiones, que eran más bien amenazas y ultimátums de Emi a Prandi. Ambos habían hecho audiciones para los roles principales de *Vidas privadas*, la famosa comedia de costumbres de Noël Coward. Mientras se preparaban para las pruebas, Emi parecía entusiasmado ante la idea: él sería Elyot, Prandi sería Amanda; juntos no solamente protagonizarían una de las comedias más divertidas de los años treinta, sino que estarían siguiendo las huellas de Richard Burton y Elizabeth Taylor, que habían sido la pareja más legendaria que reencarnara a esos mismos personajes. Como los protagonistas de la obra, también Burton y Taylor habían mantenido una relación complicada y tormentosa. Supongo que Emi imaginó que también él y Prandi tenían una relación tortuosa y que, con aquellos papeles en *Vidas privadas*, el círculo se cerraba a la perfección.

Pero llegó el día de la audición y a Emi no le dieron el papel de Elyot. No solo eso, sino que Prandi sí consiguió el de Amanda. Pasaría semanas ensayando y actuando junto a Fran, el actor que interpretaría a Elyot. Emi pretendía que Prandi renunciara a su papel y ella se negaba en redondo. Las amenazas fueron como las de otras veces, pero Emi estaba aún más fuera de sí: cómo te atreves a hacerme esto, no me lo merezco, te da igual mi sufrimiento, pero yo también te puedo hacer sufrir y te puedo arruinar la carrera y la vida, te puedo obligar a que dejes el papel, te lo pido por las buenas y te da igual, pero lo puedo hacer por las malas.

Cuando Emi salió por la puerta poseído por la rabia, Rocco se sentó junto a una lacrimógena Prandi e hizo lo que hasta entonces no había hecho: tomó partido. Por qué tenía ella que aguantar esas amenazas, el comportamiento de Emi se podía incluso denunciar, tenía que seguir su vida sin él, aquello era cada vez más inadmisible. Ella lo defendía alegando que después se calmaba, que volvería llorando y disculpándose.

En algún momento de la conversación, Rocco y Prandi se dieron las buenas noches y se fueron a la cama. Era tarde y no iban a resolver nada. Al poco, Rocco oyó llegar a Emi. Escuchó susurros y ruidos en la cocina. Supuso que, una vez más, Emi habría pedido perdón y Prandi habría perdonado.

Cuando Rocco se levantó al día siguiente, Prandi no estaba y Emi lo esperaba sentado en el sofá del salón. Sabía que Rocco se había entrometido la noche anterior, cómo se atrevía, era su amigo. Emi estaba furioso e indignado; emanaba de él una frialdad que Rocco leyó como la mejor representación del mal calculado: no sabes de lo que soy capaz, si hace falta os mato, a ti para que te calles y no le des más consejos envenenados, y a ella para que no haga esa maldita obra.

Rocco sintió el pánico y la alarma en algún lugar recóndito dentro de sí, un miedo primitivo. Se disculpó por haberse entrometido. Tenía razón, le dijo, no debería haber hablado con Prandi. Supo que tenía que desaparecer de la vista de Emi, y también de su órbita. Se vistió con lo primero que vio, cogió la chaqueta de cuero colgada al lado de la puerta y se escabulló como pudo. Entendió que no podía volver, entendió lo que a veces sabemos solo con nuestro cuerpo: el potencial de la violencia, que alguien es capaz de ir mucho más lejos que nosotros, que puede destruirnos porque no parará sino cuando ya sea demasiado tarde.

Rocco corrió escaleras abajo y se alejó de su casa, de su calle, de su barrio, caminó todo el día sin rumbo. Llegó a la altura de Soho y, sudando, entró en Timbernotes. «Si hace falta os mato». Se aposentó en la barra sin saber qué otra cosa hacer. Desde allí me miraría unas horas más tarde cuando yo entrara buscando un refugio del calor neoyorquino.

VI

Hace tiempo leí un estudio que registraba la decepción que sienten los cerebros de los viajeros cuando, tras haber visto fotografías del lugar idílico al que se dirigen, llegan a su destino. Tumbado en la playa caribeña, la brisa es perfecta y el mar invita a zambullirse, pero hay algo que no se corresponde con las fotografías que vio antes de llegar. ¿Qué cambia entre la realidad y las imágenes paradisiacas? Uno mismo, claro, allí acostado, con su mente, su runrún y sus miserias. No hay barrera de coral que ponga freno al aluvión de pensamientos rumiantes que cada uno arrastra, y es que los parajes idílicos lo son porque existen al margen de nuestro discernimiento, pero la historia cambia cuando en el centro de las palmeras nos colocamos nosotros.

En aquella calita perfecta, mientras Rocco hablaba sobre sus miedos, entendí que no había agua cristalina ni luz dorada que pudiera acabar con la desazón que le provocaba lo ocurrido en Nueva York.

—No puedes volver, Rocco.

—Lo sé. Aunque aún tengo cosas en esa casa. Solo me llevé una pequeña mochila. Alguna vez he ido a recoger algo y, por suerte, no me he topado con Emi ni con Prandi, pero querría recuperar lo que me queda allí, sobre todo mis fotos, y especialmente una de ellas.

—¿De verdad dejaste de actuar solo para no encontrártelos?

—Sí. Incluso pensé en irme de Nueva York. Cuando nos conocimos en Timbernotes, estaba dándole vueltas. Luego cambió todo cuando me ofreciste vivir en tu casa. Pero aquella noche entendí que tenía que poner distancia con ellos. Yo también me había presentado a la audición para el papel de Elyot. Por suerte no me lo dieron. ¿Te imaginas? Si lo hubiera conseguido, no sé qué me habría hecho Emi esa noche.

—¿Y esas pruebas de luz que dijiste?

—Las hice hace poco por primera vez. Necesito dinero. He dejado también la agencia de modelos para evitar encontrarme con Emi y llevo tiempo sin cobrar nada. Temo por Prandi, por lo que le pueda hacer, pero también porque, si alguna vez ella lo deja, aunque sea dentro de mucho tiempo, Emi vendrá a buscarme por haberle sugerido que se replanteara la relación con él.

Reconocí su desazón. Era el tormento que provocaba el miedo cuando lo acompañaba la falta de recursos; y cuándo no es así. Si Rocco dispusiera de medios, podría desaparecer de verdad, alejarse para siempre de Emi y buscar la manera de protegerse, pero la precariedad y el miedo son dos caras de la misma moneda: a veces solo vemos una, pero la otra está siempre detrás.

—¡Qué horror! No vuelvas por allí. Si tienes que ir a recoger tus cosas, que sea solo una vez, y rápida. Voy yo contigo, y luego nos vamos sin dejar huella. Puedes vivir en casa el tiempo que quieras y, si yo me voy de Nueva York, puedes venirte conmigo también. Podríamos cambiar de vida juntos. ¡Aquí! ¡En Mallorca!

Otra vez mi lengua actuando por su cuenta.

—Te lo agradezco. Desde que estoy instalado en tu piso, todo es más fácil, así que no voy a rechazar tu oferta. Pero vamos a pensar un poco y, de momento, vamos a disfrutar de este lugar. Cuando estemos de vuelta en una semana no nos creeremos que hoy estábamos aquí, cenando ante este mar, como si fuéramos invencibles.

Brindamos con el poco vino que nos quedaba de la cena, apurando el final de las copas. Pagué y volvimos al hotel. Era una de esas noches mediterráneas de verano: chicharras, olor a pino y un cielo muy oscuro plagado de estrellas.

La habitación tenía una pequeña terraza desde la que se veían los olivares. Me apoyé en la barandilla y oí el ruido de la ducha. Rocco llegó por detrás y me rodeó con los brazos. Una pequeña toalla atada a la cintura, me dio la vuelta, me cogió de la mano y me atrajo hacia él.

¿No es el sexo siempre un intercambio de algo? ¿No lo convierte eso en un acto transaccional en todos los casos? No hace falta entregar un sobre lleno de billetes para que entre dos personas que se acuestan juntas exista un acuerdo. Algunos arreglos son explícitos y nos resultan de mal gusto, otros son elegantes, otros parte de nuestra estructura social. La lista de lo que se puede recibir a cambio de sexo podría ser infinita: fidelidad, casas, cuidados, viajes, protección. Hay muchos motivos para acostarse con alguien; los de Rocco no fueron los más populares (deseo, amor), aunque esperaba que no hubieran sido los de peor fama (necesidad, obligación), sino algo más ligero (gratitud, lealtad).

A la mañana siguiente, cuando desperté, Rocco no estaba. Cuántas escenas han reproducido en el cine ese momento en que un brazo se estira hacia el otro lado de la cama para encontrárselo vacío. El amante ausente que, o bien se ha ido para no volver, o bien está a punto de entrar con café y croissants. Miré hacia la puerta y vi que no estaban sus zapatillas de correr.

Me duché, me perfumé e hice lo posible por no representar el papel del amante que le lleva casi cuarenta años al joven con el que acaba de irse a la cama. Intenté esperar sin que se me notara, parecer distraído con un libro y con el paisaje. Llegaron las camareras con el desayuno para servirlo en la terraza; ahí había empezado todo. Mientras estaban dejando el café, Rocco se asomó sin camiseta por la puerta del balcón. Saludó sudoroso y oí el agua de la ducha.

Cuando salió, actuaba ligero. Pensé que, quizá, lo que era un mundo para mí no lo fuera para él. Era un joven encantador y seductor que tal vez usara su atractivo cuando le viniera en gana; era posible que esa mañana no fuera escandalosamente nueva para Rocco. Antes de sentarse a la mesa me dio un beso en la mejilla. No lo habría hecho antes de habernos acostado, pero tampoco era de naturaleza sexual. Se parecía bastante, de hecho, al beso que dan los hijos a los padres cuando llegan a casa.

Desayunamos, hicimos el plan de la mañana y, durante el resto de la semana, no volvimos a hablar de lo que ocurrió esa noche. Ninguno mencionó, tampoco, la vuelta a Nueva York, las amenazas de Emi, ni la necesidad de que se alejara de ellos. Nadamos, hicimos turismo, bebimos licor de hierbas, desayunamos ensaimadas, leímos en alto *Por qué vivo en Mallorca* y, en el aeropuerto de Palma, esperando al vuelo de vuelta a Newark, Rocco sacó el tema.

—Gracias por no presionarme para tomar una decisión o entender qué pasa entre nosotros.

—La oferta de vivir en casa sigue en pie. Y lo que ocurrió esa noche no tiene por qué ser parte del trato. Es decir, para mí sería un honor. No un honor, perdón, no quería decir eso. Algo que me gustaría que ocurriera. Pero no si tú no quieres.

—Te entiendo. Gracias. Creo que preferiría convivir como amigos. Y luego, con el tiempo, ya se verá.

—Claro que sí. Como antes. Cuando lleguemos a Newark, pasaré una noche en Princeton para ver a un antiguo compañero aprovechando que hay un tren directo desde el aeropuerto. Cenaremos juntos y me quedaré en su casa. Tienen habitaciones de sobra, por si quisieras venir.

—¿Dijiste en serio lo de mudarme a tu casa permanentemente?

—Sí.

—Entonces, cuando lleguemos a Newark, lo mejor será que vaya a la mía a recoger todas mis cosas. Así mañana mismo me mudo contigo.

—¿No preferirías venir a Princeton y mañana vamos juntos a tu casa? Así no tienes que estar allí solo.

—Creo que prefiero hacerlo cuanto antes. Si están Emi y Prandi, me voy y vamos otro día los dos.

Con la diferencia horaria y el tiempo de vuelo, llegamos a media tarde al aeropuerto de Newark. Desde allí, yo me fui a Princeton y él a Penn Station, en Manhattan. Todo lo que cuento a partir de ahora me lo contó él al día siguiente, cuando llegué a casa y me lo encontré sudando, hablando atropelladamente y sin dejar de moverse en círculos.

De camino a su piso, Rocco cogió un par de cajas del supermercado para guardar sus pocas pertenencias y mudarse lejos de Emi y Prandi. Subió las escaleras y llamó al timbre. No contestó nadie. Volvió a llamar. Nada. Abrió y se dirigió a su habitación: empezó a sacar ropa de los armarios, recogió sus libros y fotos. No tenía mucho, pero tardó más de lo que había imaginado en organizar sus cosas.

En algún momento, se quedó dormido en la cama. El cansancio del viaje, el jet lag y el calor pegajoso de Nueva York pudieron contra su voluntad, que trató de mantenerlo despierto sin éxito.

La puerta de su habitación estaba abierta. Entre sueños, Rocco creyó oír las voces de Emi y Prandi. Debían de haber vuelto mientras él estaba adormilado. Los escuchó discutir, intentó levantarse, pero estaba atrapado por el sueño. ¿Se había quedado profundamente dormido o seguía despierto? Reconoció los gritos y las amenazas de Emi, las respuestas de Prandi, los lamentos de ambos. Desde su cama veía el sofá del salón. Vio a Prandi dejarse caer en él, agotada de discutir, con la expresión de quien no tiene fuerzas para seguir. Rocco la vio dormir, sintió que él dormía con ella, que compartían el sueño. ¿Estaba él soñando con esas imágenes o las presenciaba en un estado de duermevela? Mientras ambos dormían, Rocco vio cómo Emi vaciaba un neceser del que cayeron varios botes de pastillas. Lo vio vaciar esos botes y, acto seguido, vaciar las cápsulas, polvo blanco en el fondo de un vaso, un grifo abierto, Emi dando vueltas al líquido con una cucharita, Emi recogiendo los botes vacíos. Rocco no podía estar viendo todo eso.

Emi lo descubriría allí, echado en su cama. Habría cerrado la puerta si aquello estuviera ocurriendo de verdad; cómo iba a dejarle presenciar esa escena. Era un mal sueño de Rocco, sus miedos representados ante él, los actores de la noche actuando su peor pesadilla. Podía estar dormido; no podía moverse. Prandi dormía y él velaba su sueño, o era al revés. La voz de Emi. Levántate, mi amor, tómate esto, estás muy nerviosa, por eso no te duermes. Con esto te vas a sentir mejor. Es un vaso de agua con uno de tus ansiolíticos, eso es. Bébetelo despacio, cuidado, no te atragantes, que no estás bien incorporada.

Rocco siguió durmiendo y soñando. Soñaba el sueño de un loco, soñaba lo que siempre temió que ocurriera y, al soñarlo, lo espantaría, porque ya no se iba a repetir lo mismo, en el sueño y en la realidad, en la realidad y en el sueño. Rocco soñó y soñó sin poder moverse de la cama. Cuando despertó, en medio de la noche, no oyó nada. La puerta de su habitación seguía abierta. En la casa no había ningún ruido, no debía de haber ya nadie, como cuando él llegó. Había tenido unos sueños enfermizos, el delirio de un loco acalorado, con jet lag, lleno de miedos. Tenía que levantarse e irse antes de que llegara alguien y se cumplieran sus pesadillas.

Cogió las dos cajas, metió los montones que había hecho de ropa, los libros, las fotos y salió de su habitación sin hacer ruido. Se aseguró de llevar consigo el que él consideraba su tesoro: una fotografía con su madre en la que ambos reían y miraban a la cámara envueltos en toallas, imitando la posición y el gesto de una estatua de piedra que quedaba a su derecha. El salón estaba en penumbra. Toda la casa a oscuras. Solo tenía que dar unos pocos pasos hasta la puerta principal. Sabía cómo llegar, aunque no viera. Pero solo hay unos segundos en los que de verdad no vemos nada; los ojos no tardan en acostumbrarse a la negrura y, cuando lo hacen, nos muestran poco a poco la realidad, como un cuadro que se destapa lentamente. Las sombras revelaron el bulto de Prandi en el sofá. Pero ¿qué había visto Rocco? Muchas veces se quedaba dormida en el sofá del salón. Él podía haber soñado las escenas enfermizas y que Prandi estuviera durmiendo, como cualquier otra noche.

Rocco podía acercarse, ponerle una mano en la frente, zarandearla, asegurarse de que estuviera viva. O podía irse, porque tenía la puerta frente a él y porque ya había intentado ayudar a Prandi una vez. Y ese intento había terminado con una amenaza de muerte por parte de Emi.

A menudo, el instante del que deriva todo lo demás es solo fruto del enigmático azar. La vida depende de que un espermatozoide fecunde a un óvulo sano; y la persona que de ello salga, y cree vida o acabe con ella, depende de la información genética de ese óvulo y de ese espermatozoide, y de cómo se mezclen, de que el embrión se pegue fuerte a la pared del útero y de que siga creciendo sano. Y después de todo eso, ni siquiera habrá empezado su historia.

En el momento en que Rocco estaba de pie en el salón penumbroso con sus cajas, decidiendo si acercarse o no a Prandi, saltó la alarma de un coche en la calle. Ocurre todas las noches en Nueva York, pero la alarma de ese coche aparcado justo debajo del apartamento asustó al petrificado Rocco, que, con un respingo, dio un salto en dirección a la puerta, la abrió y salió corriendo de esa casa por segunda vez. Cogió la foto con su madre, tiró las cajas con sus contenidos en cuanto dobló la esquina y corrió. ¿Se había movido Prandi al saltar la alarma? Todo había ocurrido muy rápido. Pero que alguien duerma profundamente no significa que ese alguien esté muerto.

En su mochila, la foto y el bañador todavía mojado del último baño de Mallorca. Rocco corrió en dirección a mi casa. Corrió preguntándose si el bañador estaría mojando la foto, maldiciéndose por haber vuelto, por haber presenciado algo o por haberlo soñado, por haber abandonado a Prandi. Pero si ya estaba muerta, qué iba a hacer, no había nadie más en el piso, lo culparían a él. Tal vez eso era lo que intentaba Emi y por eso no lo despertó. Pero ¿y si estaba viva? ¿No podrían ayudarla todavía? ¿Y qué le iba a decir a la policía? ¿Que creía haber visto algo, pero que cabía la posibilidad de que solo hubiera sido una pesadilla? Tenía que haber sido un sueño. Emi no iba a vaciar un bote entero de pastillas ante los ojos de Rocco. Ah, pero eran los ojos de un dormido, los ojos de un durmiente que ha entrado en el sueño de la razón, y ese, ya se sabe, produce monstruos.

Al rememorar las confesiones de Hans acerca de esas alucinaciones hipnagógicas, Terry emanaba culpa; hablaba como quien carga con el peso de la vida, el de los íncubos de la noche, el peso de estar allí, en aquel tren, sin saber qué había sido de Hans Haig.

En ese momento, no habiendo leído aún *Rocco*, yo no entendía el significado completo de aquella conversación junto al río Charles. Sabía que Terry había usado información sobre la vida de Hans, pero no calibraba cómo ni cuánta. Bou sí había leído la novela y, una vez terminó Terry la historia, permaneció callado, mirando a su profesor, con la espalda pegada al respaldo del asiento, como si nunca fuera a conseguir desprenderse.

Pasaron unos minutos. Terry miraba por la ventanilla y Bou seguía en silencio, pero el silencio siempre se rompe.

—Es peor que lo que escribió Seymour en su artículo sobre *Rocco* —dijo al fin. Terry asintió—. Él pensó que habías aireado una relación con Hans que él no quería divulgar, pero no fue eso. Seymour no estaba al tanto de las alucinaciones que sufría Hans, pero sí mencionó la violencia de los compañeros de piso, así que algo sabía. Quise pensar que fue una exageración y que aquello no venía a cuento de nada. ¡Pero claro que venía!

—Ya lo sé —respondió Terry.

—Pero ¿cómo se te ocurrió? —gritó Bou—. ¡Era su vida!

Quizá Terry agradeciera la reprimenda. Es posible que hubiera en ella una pequeña redención, el alivio de compartir la congoja.

—Pero ¿cómo *no* iba a desaparecer Hans? ¿Qué esperabas que sucediera? ¿Lo que él te contó fue tal cual lo que tú nos has contado?

—Sí. Así me lo contó, aunque yo nunca lo tomé del todo en serio.

—Y tú, con esa información, escribiste todo aquello sobre Emi y Prandi y la noche que llega Rocco y se queda dormido...

—No con *esa* información, Bou; más bien *basándome* en esa información, pero solo como material para un relato de ficción. Escribí una novela, ¡no la vida de Hans!

—¡Pero después de que él te contara su historia sobre las alucinaciones! ¿Le pediste su opinión? ¿Te dio permiso? —dijo Bou alzando de nuevo la voz.

—Le enseñé algunos capítulos de la novela, pero no se puede conseguir el beneplácito de todos. Si la ficción necesitara el permiso de toda la población, nunca se escribiría nada.

Bou sacudió la cabeza y se puso de pie como a quien le queda poca paciencia para algo.

—¿Sabía Hans que ibas a escribir aquello? Me da igual que le enseñaras las tonterías de Miffy el hurón y el cómico aquel. ¿Vio la segunda parte de *Rocco*, los últimos capítulos, antes de que publicaras la novela?

Terry cerró los ojos con gesto afligido y Bou salió del compartimento.

Sin decir nada, Terry se acurrucó contra el cristal con los ojos aún cerrados. Si recordaba que yo seguía allí, no hubo ningún indicio de ello.

Qué noche tan larga, cuántas palabras habían atravesado la isla y su negrura. Pero pronto quedarían atrás todas las confesiones, los dardos y las revelaciones; supuse que a Bou y a Terry todavía los acompañarían un tiempo.

A menudo nos parece que en las historias hay giros decisivos. Cuando Bou salió del compartimento, seguramente pensó que esa información que antes desconocía cambiaba su relato sobre Terry. Con la llegada del virus, yo también tuve la impresión de que se imponía una nueva realidad. Pero en el centro de todo lo que nos ocurre y nos cuentan estamos nosotros, como lo estábamos antes de ese giro. Por eso las novedades apenas duran y el río siempre vuelve a su cauce, porque todas nuestras historias comparten protagonista, y eso ayuda a la continuidad.

Cuando llegué al aeropuerto de Barajas, no tenía la sensación de haber recorrido todo el espacio que el avión acababa de atravesar: de Socotra a Abu Dabi, de allí en un largo vuelo a Londres, y de Londres a Madrid. No era tierra lo que había cruzado, sino tiempo. Me sentía como si hubiera viajado a través de meses y años, con todos sus días, propulsándome al futuro y no a miles de kilómetros, como en realidad había hecho.

El día que aterricé en Madrid era 1 de marzo de 2020. El trayecto en taxi entre Barajas y mi piso, cercano a Moncloa, me dio la primera pista de que estábamos a punto de ser sepultados por algo inédito hasta entonces, el giro de la historia que convertiría la realidad en lo más parecido a un escenario de ficción. El taxista habló sin parar de lo que se avecinaba, de la incertidumbre que acompañaba a aquel monstruo microscópico. Habló con turbación y miedo; miedo, dijo, por sus padres, qué sería de ellos si caían enfermos, eran mayores y vivían en una casa de pueblo sin calefacción; miedo por sus hijos, que eran pequeños y no tendrían con quién quedarse si cerraban el colegio; miedo por sus ingresos, que no existirían si mandaban a los taxis a casa. Podía tratarse de una persona aprensiva, aunque hablaba de forma cabal. Esa fue la primera pista; si ese hombre temía por el bienestar de toda su familia, el monstruo quizá era, a la vez que microscópico, titánico. Me deseó suerte, me dejó en la calle con la mochila y arrancó en cuanto cerré la puerta.

Sin acceso a internet en mi móvil, apenas había seguido las noticias y supuse que, una vez en Madrid, mis compañeras de casa me ayudarían a ponerme al día de la envergadura de todo aquello. Al subir, comprobé que no había nadie. El piso me pareció familiar y desconocido al mismo tiempo, la turbadora sensación de que se ve por primera vez lo que más se frecuenta. En mi habitación todo estaba como yo lo había dejado, incluido el pijama, que seguía bajo la almohada. Ahí había estado todo ese tiempo. Mientras sollozaba hundida en la duna, mientras cruzaba los kilómetros entre Delisha y Hadiboh, ahí estaba mi pijama. Ahí habría seguido incluso si yo no hubiera salido con vida de la isla. Habría tenido que venir alguien, deshacer mi cama y hacer algo con ese pijama. Incluso si el virus acababa conmigo y con mis compañeras de piso, con todo el vecindario y con todo Madrid, es posible que, incluso entonces, el pijama siguiese doblado bajo la almohada todavía un tiempo, porque las cosas tienen tendencia a permanecer donde se las deja y pueden pasar años y terminar vidas que ellas persisten, tozudas, en el lugar donde se las depositó. Recordé el Gulf Dove, el inmenso petrolero encallado en la arena de la playa. Allí seguiría, impasible, mientras el mundo se preparaba para vivir su quietud; continuaría goteando su colosal esqueleto, vigilando la costa socotrí mientras yo ya estaba en Madrid, en el piso de Moncloa, tocando mi pijama de algodón.

Dejé las llaves y la mochila y deambulé por la casa. Las superficies limpias, las plantas verdes. No había nadie, pero no llevaba mucho tiempo vacía. En la nevera, una nota.

> Alicia:
> Te hemos dejado audios, pero no los has escuchado. Paula se ha ido al pueblo y yo al piso de mi padre en Navacerrada. La cosa en Madrid se está poniendo peor, aunque igual, para cuando llegues, ya se ha solucionado todo. Ojalá. Avisa cuando estés en casa.
> Besos,
>
> PAULA Y GENO

Tardé tres días en conseguir hablar con ellas, en lavar ropa, en lavarme yo, en ver las noticias, en entender lo que ya había pasado y lo que estaba ocurriendo. Se cerraban los parques y los comercios. Madrid se vaciaba. Existía una nueva situación a la que hacer frente, había que llamarla de algún modo e incorporarla a lo que había existido hasta entonces.

Durante la primera semana que pasé en Madrid, el final con Daniel estaba, por una parte, muy reciente y, por otra, a años luz, en otro plano narrativo. El virus era el nuevo presente, el que siempre se acaba imponiendo. Aunque, en este caso, temí que el presente de la pandemia, con su aislamiento y su silencio, pudiera hacer del final abrupto de Socotra una bola más difícil de tragar. Y así fue. Aunque no del todo.

Me levantaba por las mañanas cada vez más tarde y somnolienta. Supuse que era el peso del manto que se cernía sobre Madrid y sobre el mundo. Y en parte sí, pero solo en parte. Una mañana, me levanté con ganas de vomitar. Corrí al cuarto de baño, y luego me tumbé en el sofá. A los pocos minutos volví a vomitar. De rodillas en el baño por segunda vez supe, con la misma seguridad que había sabido que Daniel no se encontraba en Socotra aquella mañana, que estaba embarazada.

Supongo que Jananiah lo intuyó, que cuando se han tenido cuatro hijos, debe de ser más fácil presentir ese estado, aunque sea en otro cuerpo. Pero el agotamiento de ese día, la euforia de saberme viva, el largo viaje de vuelta, la amenaza del virus, todo había contribuido a que aquel mensaje del móvil de Jananiah quedara sepultado en algún lugar de mi cerebro, no completamente enterrado, pero sí escondido bajo escenarios y miedos inminentes. Y así, lo sabía a la vez que no lo sabía, y ambas realidades eran ciertas. Porque, como iba a averiguar en el hospital San Carlos, estuve embarazada, sí, pero ya no lo estaba.

Mientras el personal médico se preparaba para una hecatombe, yo necesité que me vieran especialistas, anestesistas, cirujanos, que me ingresaran y me trataran para algo que había dejado de ser y ya no era. Sentí hacia esos médicos un agradecimiento vital, por todas las veces que me tendieron una mano y por todas las palabras que actuaron de bálsamo para una herida que solo acababa de empezar a abrirse.

Con la evolución de la pandemia, se alabó y se aplaudió al personal médico. También yo lo hice. Todos los días a las ocho de la tarde; el momento de ver otras caras en los balcones para quienes estábamos solos. Los admiré y agradecí su impagable dedicación y su vida (a muchos les costó la vida), pero como mi tragedia fue solo mía, en mi mente todos los aplausos iban siempre para el equipo del San Carlos. Todos eran aquellos enfermeros, celadores, auxiliares, cirujanos; todos los médicos eran la doctora Mari Cruz, con su vitalidad y su humanidad, su juventud y su sabiduría. Aunque nunca volví a verla después de ser su paciente la segunda semana de marzo de 2020, siempre la tuve presente.

Cuando Terry nos contó el profundo agradecimiento que Hans había sentido hacia la neuróloga Poni-no-sé-qué, pensé en Mari Cruz y en el resto del equipo. Entendí cómo aquella amable doctora le había aliviado de pequeño. ¿Habría pensado en ella años más tarde, durante la pandemia? Hans seguía siendo un desconocido, pero su historia se había cruzado con la de Terry, y la de Terry con la mía. Y ya siempre sentí una afinidad con él. Nunca dejó de formar parte de mis pensamientos, como no dejan de hacerlo nuestros muertos ni nuestros personajes de ficción favoritos, aunque su estar sea espectral.

Donde hubo una vida incipiente, había dejado de haberla. ¿Fue por los esfuerzos extremos en Socotra? ¿Por aquellas caminatas y aquel agotamiento? No me supieron decir. No tenía por qué. Era frecuente que ocurriera algo así en las primeras semanas de embarazo.

Cuántas condiciones y estados hay que solo experimentan las mujeres. Recordé el numeral chino *ling*, aquel término que denota una ausencia como resultado de la presencia que hubo. Sí, a los cuerpos de las mujeres, con su infinita capacidad de albergar vida y de perderla, de mutar y transformarse, los atraviesa a menudo un desgarrador *ling* del que después hay que reponerse. Pensé en las esculturas de Bruno Catalano. En ellas, el vacío se apodera de toda una parte del cuerpo; son figuras que carecen de vientre o abdomen, su tronco casi inexistente, conectado solo por un hilillo de materia, aunque nada en su disposición revele la ausencia que arrastran. Como ellas, también yo llevaba un *ling* espectral fingiendo que no existía.

Los días posteriores a la intervención fueron fríos como el quirófano y solitarios como los parques, con un eco que retumbaba en los tímpanos. Había una tragedia colectiva que se empezó a cobrar vidas rápidamente y que no iba a parar. Existía un sentimiento de unión contra ese ataque, pero pronto se convirtió en el decorado apocalíptico de las miserias individuales; todas afloraban, se iban colando por las rendijas de lo cotidiano, se entreveían en las caras de quienes aplaudían. Las historias de cada uno que asomaban y pronto manarían: más violencia contra las mujeres, más abusos domésticos. Todas brotaban y mostraban su fealdad cuando se rascaba para ver qué había bajo el manto de silencio y quietud.

Tras la operación, a menudo sentía que me subía la fiebre. Llegaba siempre acompañada de imágenes de árboles de dragón, de desgarros, de calles y plazas y parques vacíos, de un silencio atronador, de una soledad que fue abismo.

Una semana después de la intervención médica, cuando llegué a casa tras la revisión, vi que asomaba en el buzón una carta. No tenía sello, así que alguien la había dejado allí personalmente. Era de Arturo Belando, que vivía a medio camino entre mi casa y Moncloa; no le habría costado mucho acercarse a mi buzón con la excusa de ir a comprar.

> Querida Alicia:
> Querría disculparme por lo ocurrido. Un día de los que estabais en la isla, Daniel consiguió cobertura y me llamó. Me dijo que el viaje iba muy mal, que discutíais mucho, que tú apenas podías aguantar el ritmo y que estaba harto de cargar contigo. Le pedí que no alargara la historia arrastrándote por el barro del final de la relación, que la terminara pronto y te hiciera el menor daño posible.
> Ahora que sé cómo acabó todo, temo que aquella conversación pudiera contribuir a lo que pasó después. Nunca pensé que fuera a ocurrírsele terminar la relación dejándote sola en Socotra. Cuando llegó a Madrid, me lo contó y no he vuelto a hablar con él más que para preguntarle si ya estabas aquí. Vuestro guía le dijo que te subiste al avión y llevo noches viendo luz en tu casa.
> ¿Te podría llamar un día y hablamos? Me preocupaba que Daniel hiciera una de las suyas, pero no imaginé algo así. Y además esta emergencia médica que nadie sabe cómo acabará.
> Con cariño, de tu profesor y amigo,
> ARTURO B.

El bueno de Arturo. Pero él no sabía que el abandono de Daniel en Socotra y la emergencia médica se habían convertido en un decorado para mi vacío. No sería yo quien le dijera nada, tampoco a Daniel, que nunca supo lo que ocurrió ni lo que no llegó a ocurrir.

Intenté contestar a Arturo, pero no supe cómo. Daniel y él volverían a ser amigos. Así debía ser. Cada uno era parte de la historia del otro, y con el tiempo yo sería una nota a pie de página en su amistad. Hice una discreta petición para cambiar de director de tesina. No le culpaba por haber tenido aquella conversación con Daniel, que no podía ser causante de lo que luego hizo su amigo. No le perdoné porque no tenía nada que perdonarle y porque el perdón son solo palabras, como las promesas; actos performativos del lenguaje que buscan tener un efecto sobre la realidad. Decimos «te perdono» o «te lo prometo» esperando activar una cadena de eventos futuros, pero siempre se puede volver y decir no, en verdad no te perdono o, como dijera Hipólito en la obra homónima de Eurípides hace dos mil quinientos años, «mi lengua ha jurado, pero no mi corazón», rompiendo así la primera promesa del mundo occidental. De vuelta en Madrid, decidí que mis palabras no tuvieran ya efecto sobre la realidad de Arturo Belando ni sobre la de Daniel.

Cuando se abrió la veda, empecé a salir a caminar por el paseo del Pintor Rosales, con el parque del Oeste a mi derecha. El cielo de Madrid siempre ha tenido vida propia. Antes de la pandemia, cuando la ciudad era todo agitación y sacudidas, a menudo tenía la impresión de que el cielo respiraba suspendido como espuma de jabón, sin alterar ni acelerar su ritmo, a pesar de sus frenéticos habitantes. En cambio, en aquellos días estáticos, el manto de silencio que cubría la ciudad solo se veía perforado por la enardecida actividad del cielo. Al atardecer, sentada en los bancos frente al parque, veía la velocidad con la que pasaban las nubes teñidas de naranja, la explosión de las franjas moradas, el sol rojo incandescente que bajaba con decisión. El cielo de Madrid hablaba, y nos decía que el tiempo estaba pasando, que aquello no iba a durar para siempre, que él se encargaba de ponerle fin a aquel día. El cielo era movimiento, y por eso yo le escuchaba.

Hace un tiempo, durante mi primera estancia londinense, estuve metida en una relación que se alargó demasiado. En la terraza de una heladería, mantenía un monólogo conmigo misma y, frente a mí, estaba el hombre con quien ya tendría que haber acabado esa relación. Aquella tarde fui esa persona que insiste y busca explicaciones donde no las hay: pero qué quieres, por qué cambias de parecer, un día me quieres y otro no, qué hago yo con esto.

Ahora sé que las personas poco elegantes hablan mucho cuando no deben y callan cuando tendrían que hablar. Pero entonces aún no lo sabía. Y este era un hombre poco elegante que callaba con mirada impávida mientras el helado se deshacía y yo respondía a mis propias preguntas: si no dices nada será porque no te importa, porque en el fondo te da igual la relación, pero podrías decidir algo. Y un largo y tedioso etcétera.

Cuando fui al baño, una mujer joven entró detrás de mí y me miró a través del espejo. «*Get out in time*», fue su escueto mensaje. «¿Cómo?». «*Get out in time*», me repitió. Es decir: sal de esto a tiempo. Me giré y aún me lo dijo una vez más agarrándome la mano: «*Get out in time and, then, give time, time*». Sal de esto a tiempo y, después, dale tiempo al tiempo.

Supongo que, desde alguna mesa cercana, había escuchado mi lamentable soliloquio. Me dio el mensaje como quien viene a cumplir con su misión, y salió del baño sin decir nada más. Solo tengo una imagen suya, cada vez más borrosa: ojos alborozados, pelo rubio corto y unas gafas de sol haciendo de diadema. Cuando salió, pensé que quizá estaba loca, o que quizá era un ángel o un hada madrina. O tal vez era un sapo reencarnado en una chica rubia que saltó de los cuentos de princesas para avisar de que no había por qué ir besando a tantos batracios en busca de un príncipe aniñado, que podíamos pasar de largo y dejarlos en sus charcas.

Como ocurre con casi todos los consejos, no lo escuché hasta mucho más tarde, y para entonces ya había besado a varios anfibios viscosos. Quiero decir que esa tarde salí de aquel baño, olvidé a la desconocida y aún malgasté tiempo y lágrimas en aquella relación.

Al contrario de lo que ocurrió con esa historia, cuando llegó el final con Daniel, el corte fue limpio. Había pasado, entre otras cosas, tiempo, y yo ya había entendido que aquel había sido un consejo sencillo y valioso. Para entonces también había aprendido que la mayoría de los consejos útiles son bastante simples.

Me saqué a Daniel de dentro como si fuera una astilla clavada en el pie con la que no se puede dar ni dos pasos sin que el dedo se infecte. Con las peores astillas hay que actuar rápido: cojear hasta una farmacia, comprar pinzas al precio que sea, extraerlas con cuidado y seguir caminando. Al principio hay una pequeña molestia en el dedo, pero una vez la astilla está fuera, el dolor termina casi inmediatamente. Esta vez sí salí a tiempo, y también le di tiempo al tiempo. No me quedaba otra; tiempo era justo lo que me sobraba cuando llegué a Madrid y los días se vieron convertidos en superficies elásticas.

La relación con Daniel no pasó por ese lento periodo de podredumbre que es el desenamoramiento, como la fruta que madura demasiado y en su putrefacción cada vez apetece menos. No existió la época en que se va levantando el velo paulatinamente y empezamos a sentir que, a pesar de haber atesorado las noches con ese hombre, en realidad es desagradable compartir la cama con sus pies huesudos de dedos agarrotados, que además arañan y sudan. La etapa de putrefacción con él solo duró lo que tardó en irse de Socotra. Luego me desenamoré yo sola, con el vacío dentro de mí y el silencio a mi alrededor. No me ayudaron en el desenamoramiento sus pies-garra, pero cuando acabó el proceso, la astilla salió sin rastro de sangre.

Había pasado un buen rato desde que Bou dejara el compartimento. Frente a mí, Terry seguía cabeceando apoyado en la ventanilla. Se encontraba en la frontera del sueño, que llamaba a las puertas de su conciencia, pero a la vigilia le cuesta abrir esa cancela.

Era tan tarde que casi era otro día. Quienes sufren de pesadillas saben que cuando aparece el más leve destello en el cielo lo peor ya ha pasado. Saben que las noches siempre acaban, incluso las que transcurren en un tren que nunca alcanza su destino, incluso esas, que parecen la invención o el sueño de un loco, también concluyen.

Imaginé a Bou afligido, decepcionado con Terry, y salí a buscarle. Pasé por el coche restaurante, que estaba ya cerrado. Caminé hasta el final y no le vi. De vuelta fui mirando en los compartimentos. En todos había viajeros adormilados, bocas abiertas, cuellos que parecían muelles. En inglés, el tren nocturno se conoce como *sleeper*, pero también quienes duermen son *sleepers*. Un tren durmiente que transporta a seres dormidos. En uno de los compartimentos vi a Bou tumbado. No había nadie más con él y los seis asientos estaban en posición horizontal. Quizá se los había encontrado así, o los había dispuesto él, creando una gigante cama que ocupaba todo el espacio. Miró hacia la puerta al sentir que alguien se asomaba.

—¿Se puede?

Sonrió y se movió para dejar libre mi lado de la cama. Me tumbé en la misma dirección que él, mirando hacia la ventana del compartimento. Fuera, la velocidad y la luz de la madrugada.

—Cuando leas *Rocco*, lo entenderás —dijo Bou.

—Me imagino.

—No me apetece hablar de ello. Siento haberme ido así antes. Siempre había visto a Terry como una víctima del reportero del que hablábamos, Donovan Seymour, y de la farándula y la calumnia. Pensaba que él tenía todo el derecho a escribir su novela. Pero ahora que nos ha contado la historia de lo que le confesó Hans ese día en Cambridge... En fin, ya lo entenderás si lees *Rocco*. Y ahora quién sabe dónde estará Hans. Querría imaginarlo habiendo dejado atrás todo esto.

—Creía que no querías hablar de ello.

Bou se pasó la mano por el pelo.

—Es verdad. Estoy harto de Terry y de Hans y de Donovan Seymour, de que hayan ocurrido tantas cosas sin que me haya pasado ninguna a mí. Todo son historias de otros, y me salpica la peor parte. Tenías razón. Estoy aquí como un *groupie*, por lealtad o no sé por qué, tal vez porque no tengo nada mejor que hacer.

—No sé por qué he dicho eso antes. Yo qué sé por qué estás aquí. No es fácil retirar la lealtad a quien hemos tenido cerca.

—¿A ti te costó mucho retirársela a Daniel?

—Bueno, ayudó a no echarle de menos el que me dejara tirada en medio de la nada —dije callando casi todo.

—Debiste de sentirte muy rara volviendo a casa después de esa aventura malparada.

—Sí, llegué a España justo antes de que empezara el confinamiento, y eso lo hizo todo más anómalo.

—Ya me imagino... ¿Lo pasaste sola?

—Sí.

—Cuando más hubieras necesitado a tu gente...

—Pues sí, pero ya sabes, la vida es un poco caprichosa —dije encogiéndome de hombros.

—Imposible de predecir, ¡eso seguro!

—Es verdad. Una noche como la de hoy, por ejemplo, no la hubiera imaginado. Pero ¡qué sería de las noches sin incertidumbre! Quizá ni siquiera existirían.

—Sí —dijo Bou entre risas—. Las hay que te caen encima como un jarro de agua fría y otras en las que todo se alinea a la perfección, pero nunca sabes cuál te va a tocar.

—Esta ha sido un jarro de agua fría, ¿verdad?

—Congelada —dijo Bou.

Los dos sonreímos con la mirada fija en el paisaje de fuera, las siluetas de los árboles como fotogramas atropellados.

Aquel mismo estudio que explicaba los efectos del mar en el cerebro también hablaba sobre otros aspectos relacionados con el bienestar. Según leí, hay momentos de felicidad en que nuestro cerebro nos manda una señal para que reparemos en ellos, creando así una suerte de metafelicidad. Me pareció considerado por su parte, que tenga a bien avisarnos: oye, presta atención a lo que te está pasando en este momento; es un instante perfecto de complicidad con alguien, de intimidad incipiente en que nada es aún real, y te estoy avisando, que no se te pase.

Supongo que cada cerebro avisará a su dueño de un modo distinto. Y es posible que algunos ni avisen, y a esos dueños se les escapará el instante de felicidad. El mío siempre me había avisado espesándome la saliva más cercana a la garganta. Y en esos momentos no hay miedo, no hay terror nocturno ni astilla en el pie. Hay que escuchar con atención cuando nos habla el cerebro porque son instantes frágiles; como el sonido, como la vida, que cuando nos percatamos de que están ahí es porque ya están acabando.

—¿Qué vas a hacer cuando lleguemos a Edimburgo? —me preguntó Bou.

—¡Ir directa a trabajar! Así son siempre los lunes al llegar. Suelo empezar la semana somnolienta y con el cuello un poco dolorido, aunque en general duermo más que esta noche, que no he pegado ojo.

—Es verdad. No hemos dormido nada.

Con qué facilidad el yo se convierte en nosotros. No hemos dormido, pedimos carne para cenar, ¿queremos más vino? No es un nosotros eterno y puede que ni siquiera lo sea durante mucho tiempo. Pero estamos siempre deseando hablar en primera persona de plural, para salir de la pequeña celda en la que se aísla el yo y porque, cuando ese nosotros llega con un instante de complicidad, es cuando más se espesa la saliva en la garganta.

—Creo que Terry se habrá quedado dormido. Lo estaba intentando cuando salí del compartimento —le dije a Bou.

—Me imagino. Terry, Terry... ¿Cómo pudiste traicionar así la confianza de Hans?

—...

—Sí, ya lo sé. No quiero hablar de ello, pero al final acabo hablando. Cuéntame tú. ¿Es verdad que el confinamiento en España y en Italia fue tan estricto como decían las noticias? En Estados Unidos siempre pudimos salir de casa, pero vosotros estabais verdaderamente confinados.

—Sí, verdaderamente confinados.

—¿Y qué hiciste todo ese tiempo encerrada?

—Trabajaba, hacía ejercicio, lloraba, leía, bailaba, miraba el cielo... Pasé mucho tiempo mirando las nubes desde mi pequeño balcón. Cuando cogí un avión para venir a Londres y las vi desde arriba fue como ver a un amigo de tu barrio en otro país, con otro aspecto, a cargo de una empresa. Sabes que es la misma persona, pero no la ubicas en esa nueva posición. ¿Por qué te ríes?

—Por nada. Me estaba imaginando a una nube muy seria, con traje y maletín. ¿Tenías días buenos, a pesar de no ver a nadie nunca y de la ruptura con Daniel y toda la situación?

—Sí, aunque todos los días se parecían mucho en su estructura. Leí un artículo de un astronauta sobre cómo conservar la cordura ante la situación de encierro y aislamiento. Seguí sus consejos al dedillo, y eso me llevó a tener una rutina muy estricta. Pero, a pesar de parecerse mucho por fuera, había días que seguían su cauce, como ríos, y otros que eran torrentes desbordados.

—¿Recuerdas lo que hiciste la primera noche de confinamiento?

—¡Sí! Salí al balcón a aplaudir al personal médico y, cuando intenté abrir la puerta desde fuera, me di cuenta de que se había quedado enganchada. Aunque había sentido más miedo al verme sola en Socotra, en el momento de saberme atrapada en el balcón la primera noche del estado de emergencia, me entró pánico. ¿Vendrían los bomberos a rescatarme o estarían ocupados con urgencias de verdad? Y si no venían, ¿cómo saldría de allí? Tenía el móvil dentro de casa. Y como en la calle no había comercios de primera necesidad, no había un alma. Fue solo un instante, pero sentí la alarma en el cuerpo.

—¿Y qué hiciste?

—No era una calle muy ancha. Los árboles me dificultaron un poco la tarea, pero grité y agité los brazos hasta que me vieron los vecinos de enfrente, que estaban aún en el balcón porque también habían salido a aplaudir. Ellos hicieron lo mismo con mis vecinos de al lado, a los que yo no veía: gritaron hasta que alguien se dio por aludido. Me ayudaron a salir de todo el embrollo las vecinas de la derecha. La madre ayudó a que su hija cruzara a mi balcón. Una vez allí, nos alcanzó alguna herramienta para desatascar la puerta y, entre la hija y yo, lo logramos. Los balcones de enfrente se llenaron de público ante el espectáculo.

Ambos nos reímos.

—¿Y qué pasó?

—Como era el principio de todo, aún no estábamos concienciados ni obsesionados, así que cuando la puerta se abrió de repente, la hija de la vecina y yo nos abrazamos entre risas y los vecinos de enfrente aplaudieron por segunda vez esa noche. A pesar del aislamiento que estábamos a punto de vivir, existió un instante de conexión con una desconocida. Tardaría casi cinco meses en volver a dar un abrazo. Una vez dentro me puse trece *post-its* en el cristal: ¡N - O - L - A - C - I - E - R - R - E - S!, porque supuse que, si no, aquello me podría pasar cada noche.

Bou soltó una carcajada.

—¿Recuerdas el siguiente abrazo? —preguntó—. El primero que diste y que te dieron después de todo aquello.

—Sí, me lo dio una vieja amiga que logró coger un avión desde Barcelona para venir a verme. Consigue siempre lo imposible porque es como de otro planeta, una alienígena.

—Vaya susto el encierro en el balcón —dijo Bou—. Pero siempre es así, no tienes ningún problema hasta que tienes uno inevitable; piensas que vas a hacer frente a la primera noche de una pandemia hasta que te ves atrapada en el balcón y, de repente, tienes un problema más urgente entre manos.

Y pensé que tenía razón.

—¡Qué extraño es todo hoy! ¡Y ayer sucedía todo como siempre! —dijo de pronto agitando los brazos teatralmente.

—¿Me citas a *Alicia en el país de las maravillas* porque yo también soy Alicia?

—Es una feliz coincidencia que tú también seas Alicia.

Tumbada en aquel compartimento con Bou, viendo cómo el día ganaba terreno a la noche, tuve la misma sensación que al llegar a Barajas desde Socotra; en vez de espacio, sentía haber recorrido mucho tiempo, tanto que, por un instante, no recordaba cuándo había salido de casa.

VII

Alex Ebbert y yo habíamos hecho la tesis en literatura norteamericana hacía casi cuarenta años, y él llevaba veinte viviendo
en Princeton. Ambos nos habíamos labrado un camino saliendo del mismo punto de partida, pero la vida nos había
preparado recorridos inversos. En el suyo había una cátedra en
una gran universidad, un matrimonio armónico, hijos encan-
tadores y una investigación que todavía le apasionaba.

Se había casado con Tara al poco de terminar el doctora-
do. Ella había estudiado el suyo en el Departamento de Alemán y, una vez terminado, había dejado pasar algunas opor-
tunidades para acompañar a Alex en sus primeros puestos
como profesor visitante por el país. Ahora Tara ganaba mucho
más dinero que él; había montado su propio programa de estudios universitarios en el extranjero y su agencia era una de
las principales proveedoras de viajes para universidades nor-
teamericanas.

Es posible que un aspecto de la vida desencadene todos los
demás. Si yo hubiera formado un hogar estable con alguien,
tal vez esa serenidad habría dado lugar al éxito profesional.
O no. Pero a lo largo de las últimas semanas de convivencia
con Rocco había hecho frente a mi trabajo sabiendo que había

alguien más en casa. ¡Y qué sencillo era todo! Con qué facilidad se sumaban palabras y se editaban textos cuando uno sabía que, llegado el final de la jornada, se vería el rostro de quien le hacía reír.

Mientras cenábamos, Alex me habló de un congreso en Vancouver. Lo había acompañado Tara y, al terminar el simposio, habían hecho un viaje de avistamiento de ballenas, aprovechando que se encontraban en la costa del Pacífico. Se puso las gafas para mostrarme unas fotos en el móvil. Tara y él sonrientes con el pelo pegado a la cara por el viento; ballenas muy cerca del barco; Tara señalando a un lejano cetáceo. Lo pasaron muy bien, me dijo, aunque Tara se mareó al final de la excursión y acabó vomitando.

—Alex, ¿cómo es haber tenido siempre el mismo testigo en tu vida? Me refiero a que, tanto si ves ballenas como si practicas tu ponencia, Tara siempre está a tu lado.

—Así es. Y no te olvides de todas las manías y nimiedades que se comparten. Son más esas que las ballenas. ¿Por qué lo preguntas?

—Por curiosidad. ¿Cómo lo describirías?

—Mmm... Diría que estar con Tara es como vivir siguiendo la hilera de miguitas que dejaron Hansel y Gretel en el bosque para no perderse. Nuestros primeros pasos, las mudanzas a distintos estados, el tiempo que pasamos en Múnich, los años reproductivos, los productivos, la pérdida de los padres, todo ha ocurrido con ella. Y, como ella es una constante, incluso cuando parecía que llegaba algo imprevisto, enseguida lo veía como otra miguita del camino en el bosque.

—No me imagino la vida sin sensación de pérdida. ¿Nunca te sientes solo?

—A veces, como todo el mundo, pero no me dura mucho, porque en realidad no lo estoy.

Alex siempre fue más pragmático que yo.

—¡Tienes que venir a vernos más! —dijo efusivamente—. De todas formas, tener un sendero marcado supone también eso, que nunca caminas en una dirección desconocida. También te pierdes algo: no entras en el bosque solo y desesperado, así que nunca llega el momento en que, tras un camino de obstáculos, te sientes pletórico porque encuentras una salida que te lleva a un lugar desconocido donde entra la luz a raudales. No cambiaría mi reguero de miguitas para experimentar ese tipo de intensidad, ya me entiendes. Las más de las veces que uno se pierde en un bosque, no aparece en un claro sino en un estercolero. Ja, ja, ja. Pero ¿a qué viene todo esto? ¿Te ha llamado Maddie?

—No. Hace tiempo que no sé de ella. Supongo que abriría aquel hotel en Martha's Vineyard, y me imagino que luego echó a todos los clientes de su casa cuando no dieron la talla como huéspedes.

—Maddie... —dijo Ebbert con una carcajada—. Yo tampoco la veo hace mucho. Me pregunto cómo le habrán sentado los años. ¿Por qué no la llamas algún día?

—Alex, creo que me he enamorado de un chico casi cuarenta años más joven que yo. Lo invité a vivir en mi casa la noche que lo conocí y acabo de volver con él de Mallorca.

Se había llevado la copa de vino a los labios justo antes de que yo empezara a hablar, pero no llegó a dar el trago. La sostuvo en el aire y luego la devolvió a la mesa con un golpe.

—¡Tú sí que has encontrado un claro en el bosque! ¡En lo más frondoso y en medio de una tormenta!

Fueron apenas veinticuatro horas en Princeton, pero cuando cogí el tren de vuelta a Nueva York me sentía ligero, deseoso de compartir la escapada con Rocco y con más ganas aún de verlo y encontrar una salida en el bosque de la vida junto a él.

Si lo que ocurrió no hubiera ocurrido, quizá Rocco y yo habríamos vivido un tortuoso sí pero no. Pero ya había sucedido todo, así que ya no habría cabida para ese tiempo de indecisión entre amantes que solo acabaría mal para mí.

Cuando llegué a casa, me lo encontré fuera de sí. En esta versión, Rocco no tenía ganas ni capacidad de estarme agradecido por nada. No tenía el cuerpo para calibrar lo que podría pasar entre nosotros; todo en él era aceleración y angustia. Tardé en entender qué había ocurrido y cuándo había sucedido todo; nos habíamos separado hacía menos de veinticuatro horas.

Hablaba atropelladamente, pero finalmente conseguí que me explicara lo que había creído ver en su apartamento. ¿Cuál era mi opinión? Ahora que sabía lo que había vivido en ese lapso, ¿pensaba yo que Emi había matado a Prandi ante sus ojos durmientes? Tal vez si hubiera avisado a Prandi de que Emi había amenazado con matar a ambos, también le habría dado a ella la oportunidad de huir. ¿Y ahora? ¿Tendría que denunciarlo a la policía si había una posibilidad de que lo que vio no fuera un sueño? ¿Estaba encubriendo un crimen si no lo denunciaba? En aquel discurso atropellado, Rocco no sabía si buscaba respuestas de corte moral o legal. Con la cabeza hundida entre las manos y los ojos desorbitados, reconocí en él el deseo ferviente de despertar de una pesadilla.

¿Y yo? ¿Cuál era mi papel en todo aquello? Rocco había llegado a casa con la mirada extraviada y aquella historia delirante, y ahora también yo era parte de lo que le había ocurrido a Prandi. ¿Tenía yo que tomar la decisión de denunciar o callar? Qué fácil es implicar a los demás. En ese momento yo podía bajar a la cafetería que abría las veinticuatro horas y decirle al tipo que la regentaba que mi compañero de piso creía haber presenciado un crimen que también podía haber sido una pesadilla. ¿Estaría él implicado? Podría decirle al siguiente cliente que el compañero de casa de un vecino no sabía si había presenciado un crimen o había tenido un mal sueño... ¿Dónde terminaba la culpa? No podía arrastrarse hasta el infinito, porque estaríamos todos manchados de crímenes cada vez más alejados de nuestros actos. Rocco podía haber estado soñando. Había una posibilidad de que nada de lo que creía haber visto hubiera ocurrido. Pero mientras no tuviera la certeza de que Prandi estaba viva, no volvería a vivir como el joven despreocupado que nunca supe si fue. Lo había conocido al día siguiente de aquellas primeras amenazas, en Timbernotes, así que no lo había tratado fuera de la órbita de su pesadilla.

Le insistí sin éxito para que fuera a la policía, y cada día que pasaba aumentaba su desazón. Nunca recuperamos la conversación iniciada en Mallorca, ni rememoramos las calas cristalinas. Rocco me expulsó de su vida con la misma decisión con la que me dejó entrar. Odié a Emi y odié a Prandi, viva o muerta, por haber acabado con su juventud y haberme arrebatado al testigo perfecto. Aunque también fueron sus discusiones las que lo habían llevado a vivir conmigo, y cuando pensaba que era lo suficientemente mío como para no perderlo, me lo arrancaron de golpe.

Me importó poco si la culpa se extendía hasta mí o si terminaba en Rocco o en Emi, o si nadie era responsable porque no ocurrió nada y todo fue un mal sueño. Sí me importó que Rocco ya no existiera para mí.

No salió de casa en los tres días que siguieron a aquello, salvo la madrugada que caminó hasta su antiguo piso. Lo sé porque lo seguí. Oí la puerta cuando el cielo empezaba a mostrar signos de luz y salí tras él. Me mantuve a una distancia prudente, pero en cualquier caso él caminaba enajenado y no parecía que fuera a reparar en mí. Al ver la dirección que llevaba —que llevábamos—, temí que se dirigiera a su antigua casa. Aminoró el paso cuando se acercó al portal, pero se quedó en la acera de enfrente y no hizo amago de cruzar. Apoyó la espalda en la persiana de un restaurante mirando hacia la que suponía que había sido su ventana. Permaneció allí mucho tiempo. Paralizado, como uno de esos mimos que solo se mueven si les echas dinero. Rocco miraba hacia arriba en busca de una señal de Prandi, aunque también podría asomarse Emi. Mientras, varios portales más atrás, yo me mantenía oculto por las escaleras de entrada a una casa y no le quitaba ojo. Aunque aún no lo sabíamos, ninguno de los dos íbamos a conseguir ya lo que queríamos.

Pasó esas noches inmerso en una furiosa búsqueda de noticias que confirmaran el peor de sus miedos. La última mañana que amaneció en casa, lo vi en el sofá. Se había quedado dormido sin irse a la cama, pegado al móvil. Frente a él, encima de la mesa baja del salón, un cuenco en el que nadaban cereales de la noche anterior. Me acerqué a recogerlo y se despertó al sentirme próximo. Como suele ocurrir cuando vivimos una pesadilla en la vida real, el momento previo a la salida del sueño fue su única tregua, solo un instante. Abrió los ojos y reconocí la mirada llena de curiosidad azul de aquel primer día en Timbernotes. Pasado el microsegundo, cogió el móvil y ambos vimos a la vez lo que apareció en la pantalla.

EMI
Hoy la prensa está llena de noticias macabras.
Aunque para ti no es noticia porque lo viste
en primera fila.

Así fue, en toda la prensa y redes sociales estaba la noticia de que se había encontrado a una joven actriz muerta en su apartamento del Lower East Side tras la ingesta de un elevado número de ansiolíticos. Se estaba investigando la situación. Por el momento no había hipótesis oficiales. Estaban intentando localizar a sus compañeros de casa; tampoco se podía desestimar la teoría de que fuera un suicidio.

Le rogué a Rocco que hablara con la policía, pero estaba sumido en una vorágine de imágenes de terror. Prandi estaba muerta. Emi sabía que Rocco había visto cómo la mataba. De todos los escenarios, aquel era el peor. No podía apartar los ojos de la pantalla; sus sentidos acallados por el miedo. Al cabo de un rato oí la puerta de la calle desde mi habitación. Salí y vi el sofá vacío. Miré a mi alrededor. No estaba su mochila. En su habitación había ropa por el suelo, pero no la foto con su madre. Y así, como un regalo que sabemos que es demasiado bueno para ser real, Rocco llegó a mi vida y, como todo lo que no nos merecemos ni nos pertenece, se fue para siempre.

No lo busqué. Sabía que se había ido para que no lo encontraran, ni yo ni nadie. Tendría que haber intentado calmar su miedo. Haberlo convencido de que no era culpable, de que podía ir a la policía para buscar protección. Pero para entonces Rocco ya había salido de mi vida. Toda nuestra relación había sido fruto de su huida y, cuando el miedo lo devoró, huyó de nuevo, esta vez para siempre. ¿Y yo? Fui una piedra en el camino. No tenía por qué evaporarme con él.

A los pocos días leí que los dos compañeros de casa de Cecilia Prandi estaban desaparecidos. Otros compañeros de reparto habían hablado sobre la tormentosa relación que ella tenía con Emi; él era el principal sospechoso. Aun así, había teorías de grupos homófobos que defendían que Emi y Rocco se habían querido quitar de en medio a una pobre mujer para darse a la fuga juntos; teorías que afirmaban que ambos pertenecían a una secta y que se habían suicidado después de matarla a ella; teorías infinitas y delirantes, casi siempre anónimas. En cualquier caso, había muchos cabos sin atar. No había signos de que la chica no se hubiera tomado esas pastillas por voluntad propia. También había otros muchos casos por resolver en Nueva York. Cada día que pasaba, alguna mujer se convertía en víctima de su pareja o expareja. Por otra parte, había teorías que se apoyaban en las espeluznantes estadísticas y argumentaban que, si Emi era su pareja y ya se le conocían los celos, seguramente lloviera sobre mojado y detrás de la muerte de Prandi se encontrara él. ¿Y el otro compañero de casa?, preguntaban algunos. Quién sabe. Quizá huyó antes, quizá ayudó a Emi y luego escapó con él. Quizá Emi lo mató fuera del piso por enfrentarse a él después de saber lo que hizo. Y así continuaba girando el carrusel en la era de la información. Alguien indagaría en el caso y recopilaría datos relevantes. Pero yo nunca leí nada sobre su resolución.

Los días posteriores a la desaparición de Rocco, Nueva York dejó de ser un escenario de ficción. Seguían existiendo sus parques, en los que pronto empezarían a caer hojas doradas, sus grandes avenidas, donde la vida no se detiene para nadie, el edificio Chrysler con su brillo vespertino. Pero ya no sabía quiénes podían ser los protagonistas de esa naranja exprimida. No era yo, ni era Rocco, ni lo era nuestra historia. Otros llegarían a reemplazarnos.

No pasó mucho tiempo antes de que decidiera abandonar Nueva York. Mi paso por la ciudad siempre fue temporal, un paréntesis. Y el paréntesis se cerró con la huida de Rocco, con su desaparición, que acaso fue su suicidio, o solo un nuevo comienzo. En un par de meses, cuando terminara mi contrato con la universidad, también yo me iría. El día que tomé esa decisión, salí a caminar cerca de los muelles y enseguida me vi entrando en el Jane Hotel. Subí a la pequeña terraza de la azotea. Como era pronto, no había mucha gente. El Hudson se extendía frente a mí, dividiendo la costa de Nueva York de la de Nueva Jersey. Tal vez Rocco se encontrara en las fronteras de uno u otro estado, o quizá estuviera ya muy lejos de allí, cargando a cuestas con una culpa que era y no era suya. Rocco podía estar cerca o lejos, vivo o muerto, y yo ya no lo sabría nunca.

Pensé en Robert Graves, en su despedida del mundo industrializado británico, en su decisión de huir a las montañas de color ocre de la sierra de Tramontana y en el principio de su autobiografía, *Adiós a todo eso*, donde el poeta decía que aprovechaba esa oportunidad para despedirse de ti, de ti y también de ti. Una despedida, un adiós a todo, decía Graves, porque una vez todo esto se haya asentado en mi mente, y lo haya escrito y después lo haya publicado, no hay por qué volver a pensar en ello nunca más.

FIN

Cuando Bou y yo volvimos al compartimento, nos encontramos a Terry trabajando en su ordenador.

—Quería añadir unas ideas para concluir la ponencia. Parece que en media hora llegamos a Edimburgo —dijo cerrando el portátil al vernos entrar.

Fuera ya era de día y las gotas de agua alargadas en el cristal le daban a la realidad un nuevo aire velado.

—Espero que durante las preguntas del público no salga el tema de *Rocco*.

—No puedes contar con ello —dijo Bou—. Es posible que alguien lo mencione dado el tema de tu ponencia. Mejor que estés preparado.

—Sí, supongo que tienes razón. Es la historia de nunca acabar. *Rocco* no deja de perseguirme.

—Porque quien te persigue es Hans.

Terry bajó la mirada.

—Siento haberte decepcionado, Bou. Pero esto es más duro para mí que para ti.

—Sí, me imagino. Y supongo que para Hans debió de ser más difícil aún.

El profesor cerró los ojos y negó con la cabeza.

—Supongo que sí. Que para él fue peor. Me lo hizo saber la última vez que lo vi, eso te lo aseguro.

Bou miró a la ventanilla, fingiendo tocar las gotas de agua que estaban por fuera.

—¿Cuándo fue la última vez que le viste? —pregunté.

—A los pocos días de que se publicara la novela. Le había dedicado una copia y lo invité a casa para dársela. Sabía que podía sentirse molesto por la naturaleza sexual de la relación entre Rocco y el profesor, pero no me imaginé que tendría una reacción tan exagerada.

—¿Qué te dijo? —Le animé a que siguiera contando. El tren entraría pronto en la estación, poniendo fin a esa noche, y ya no habría por qué hablar de ello nunca más.

—Llegó a casa con una copia y enseguida fue obvio que ya la había leído. Entró por la puerta como un obús. Me vio con la novela, listo para dársela, y me la tiró de un manotazo, lanzando al suelo también la suya, de la que salieron papeles que cayeron junto con los dos libros. «¡¿Cómo has podido?! ¡¡La fotografía con mi madre, mi lago, hasta mi tatuaje, para que no cupiera duda de que era yo!! ¡¿Cómo has podido usar mi vida y luego tergiversarla así?! ¡Y haciéndome creer que era un cuento inocente lo que escribías!». Hans gritaba mientras caminaba por el apartamento y le iban saliendo, iracundo, diferentes momentos de la novela, usando la primera persona al referirse a Rocco: «Que me acosté contigo, ¡eres un enfermo!». «Que me fui contigo de viaje ¡a Mallorca! ¡Estás loco! Jamás habría ido contigo a ningún sitio». Rebosaba rabia. Me disculpé con él varias veces. Le dije que nada de lo que ocurría en la novela era sobre *él*, que él sabía mejor que nadie que Rocco era una invención. Lo recuerdo cerrando los ojos para respirar, intentando serenarse.

Terry hizo una pausa; tal vez también él necesitaba calmar sus nervios al rememorar aquello.

—Le salían lágrimas y palabras como en un torrente: «No te das cuenta de lo que has hecho, ¿verdad?». Me hablaba acercándose mucho, como si las respuestas estuvieran escritas en mi cara. «En Cambridge te conté cómo fueron aquellas noches de mi infancia, las alucinaciones hipnagógicas. Te hablé de la gentuza con la que vivía aquí en Nueva York, ¡con la que aún vivo! ¿No te das cuenta? Te confesé mis peores miedos, y tú los has convertido en una historia y la has publicado sin decirme nada, como un miserable». Le recordé que no era la misma historia, que lo que yo había publicado no era lo que él me contó. Al decirle eso, le salió una voz cargada de cólera: «¡¡¡No!!! ¡¡Es mucho peor!! Pero es una historia lo suficientemente parecida como para que se sepa que soy yo..., para que lo sepan ellos...». Entonces se derrumbó. Apoyado en la pared, escondió la cabeza entre las manos y se dejó caer escurriéndose. Me senté con él en el suelo y le dije lo que aún creía que era cierto: «Hans, tú nunca me contaste que vieras una escena como la que vio Rocco en la novela, ¿no? Lo que Emi le hizo a Prandi no ocurrió en tu casa. Tú no me contaste eso. Me dijiste que discutían, que no sabías qué era real y qué eran aquellas visiones nocturnas. Y en el libro ni siquiera se mencionan las alucinaciones hipnagógicas». Todavía lo veo con la espalda pegada a la pared, sin levantarse del suelo, negando con la cabeza. Levantó la vista para mirarme, su tono incrédulo: «No me creo que no te des cuenta de lo que has hecho. ¿Me estás diciendo que no sabías lo que esto podía provocar? ¿Por qué nunca me enseñaste los capítulos donde aparecen Emi y Prandi? ¿No se te ha ocurrido preguntarte qué es lo que pasaba entre mis dos compañeros de casa? ¿Los de la vida real? ¿Lo que podía pasarme a mí si publicabas esto?». Tenía los ojos enrojecidos, casi fuera de sus órbitas, y me hizo la pregunta que me ha acechado desde entonces: «¡¿Estás loco de verdad o eres un hijo de puta?!».

»No olvidaré el gesto de Hans —siguió rememorando Terry—. Reconocí el miedo que ya había visto frente al río Charles cuando me habló de las alucinaciones. Entonces pude mirar hacia otro lado, pero ahora se había multiplicado y era imposible de ignorar.

Hans habría llegado a casa de Terry encolerizado, pensé mientras le escuchaba. Habría llegado buscando explicaciones y se topó con lo peor que uno puede encontrarse en un momento así: con una persona inconsciente de lo que ha hecho, un loco que ha actuado sin saber el daño que podía generar porque no tiene capacidad de ponderar ese daño. Imaginé lo solo que debió de sentirse Hans frente a alguien que no veía el pánico del que él era presa. Pensé en la soledad que se abre ante aquellos cuyos miedos resultan incomprensibles para la mayoría, en el destierro al que condena la locura de saberse irremediablemente aislado. ¿Sentiría Hans que se le quebraba la realidad? ¿Se preguntaría si quien llevaba la daga era consciente de lo que estaba haciendo?

—Esa fue la última vez que vi a Hans —dijo Terry—. Nunca había sentido tanto odio contra mí como cuando entró él por la puerta. Pero fue peor cuando lo vi abatido. La incredulidad de lo que estaba ocurriendo junto con el miedo lo habían dejado sin aliento ni ganas de pelear. Y fue peor verlo así. Aunque siempre sentí que exageraba al asegurar que le había arruinado la vida. La vida no se arruina porque alguien escriba una historia y en ella incluya un personaje que se parezca a ti. La vida la arruinan las cosas de verdad. Pero nunca llegué a saber qué había detrás de su desasosiego. Se fue, y su desaparición se declaró oficial al día siguiente. Supuse que la había denunciado Mina. Ella ya estaba alerta. Comenzaron los interrogatorios para entender qué había detrás de su huida, dedos que apuntaban culpables, ruido en las redes. Me interrogaron a mí, y luego supe que también a Mina. Leí que sus compañeros de casa estaban desaparecidos, que habían intentado dar con ellos para interrogarlos, pero que nadie conocía su paradero. Jamás supe si alguno de esos chicos era peligroso, si uno quiso matar a otro, si alguno lo consiguió, como Emi mató a Prandi, si después de conseguirlo había desaparecido en busca de Hans para acabar con él. No supe, en fin, qué había ocurrido en la realidad de aquel piso para que emanara de Hans ese miedo. Pero tampoco llegué a creer que pudiera haber pasado lo que ocurrió en *Rocco*.

Claro que no lo creíste, me dije para mis adentros. Cómo iba tu cerebro a plantar esa idea dentro de ti mismo, cómo no ibas a hacer todo lo posible por espantarla si se acercaba a ti merodeando una noche de insomnio.

Terry siguió:

—Aunque nunca supe cuánto se acercó *Rocco* a la realidad, sí sé que en la desesperación y el terror de Hans reconocí la desesperación y el terror que había inventado para la escena previa a la huida de Rocco. De no ser por lo lamentable de toda la situación, hubiera tenido gracia la simetría. En fin, luego llegó el artículo de Donovan Seymour haciéndome responsable de la desaparición, aventurando hipótesis acerca de su suicidio o de su muerte a manos de aquellos con quienes vivía. Incluso si Hans seguía vivo, decía Seymour, yo y mi ego éramos responsables de arruinar la vida a un joven que ahora tendría que vivir atemorizado. En algún punto del artículo, aseguraba que, aunque llevara tiempo, yo acabaría pagando por todo eso. No recuerdo exactamente sus palabras; las podéis leer en el texto, pero decían algo como: «Por suerte, los hombres con poder ya no tienen inmunidad absoluta. Ya no pueden mirar a otro lado e ignorar las consecuencias de su paso destructor. Ahora, también ellos tienen que responsabilizarse de sus actos». El hombre con poder era yo, pero qué poder tenía, pensé al leerlo. Cuál había sido mi poder.

Terry respiró hondo.

—Podría haberlo buscado, pero qué iba a hacer, ¿contratar a un detective? Pensé que ya había hecho bastante. Igual que el profesor entendió que no iba a saber nada más de Rocco cuando se fue, yo me resigné a no volver a ver a Hans.

Se puso en pie con repentina decisión.

—Voy al baño. Casi estamos llegando —dijo saliendo del compartimento.

—Pobre Hans... —volvió a decir Bou—. Casualmente —dijo haciendo el gesto de las comillas en el aire—, Terry ha olvidado decir que, en el artículo, Seymour aseguraba que uno de los compañeros de Hans tenía antecedentes penales, un chico con un historial de violencia al que había denunciado una expareja en el estado de Nueva Jersey. Como no sabía nada de lo que Hans le había contado a Terry, no pensé que tuviera relevancia... O quizá no vi lo que no quise ver. En fin.

Bou suspiró al tiempo que anunciaron la llegada a la estación de Waverley, y en ese momento Terry volvió al compartimento.

—Ya estamos —dijo.

Sí. Ya estábamos. Había terminado el trayecto que parecía que fuese a durar para siempre. Atrás quedó el tren con su coche restaurante y su luz tenue, con las historias que escuchaba y los relatos nocturnos que en él se leían. Quedó todo en las vías mientras Terry, Bou y yo caminábamos al *hall* principal como viajeros que llegan juntos. Lo éramos, aunque hasta hacía unas horas no nos hubiéramos visto nunca.

La estación era todo movimiento, como lo había sido Atocha aquella mañana remota. En esta no había tortugas ni tantos turistas como en Madrid, pero sí viajeros que se dirigían a sus puestos de trabajo, los que se mueven con mayor inercia. A nuestro alrededor, sándwiches en Pret a Manger, la farmacia de Boots y la prensa en WH Smith. Desde hace unos años, en el Reino Unido las estaciones de tren y las calles principales son tan predecibles como las manecillas de un reloj.

Había llegado el momento de despedirnos. Estábamos bajo la cúpula del vestíbulo, y fue Terry quien dio el primer paso.

—Querida Alicia —dijo acercándose a mi mejilla derecha—, siento el disgusto que te hayan podido causar las revelaciones de esta noche. Ha sido un inesperado placer compartir contigo el trayecto, que ha sido una porción de vida —dijo. Como si la vida fuera una pizza. ¿Cuántas porciones nos quedarían? A mí, a Bou, a Terry... ¿Volveríamos a compartir alguna?

Según se aproximaba Terry a mi mejilla izquierda para depositar el segundo beso, solté la pequeña maleta y le di un abrazo. Fue un acto inesperado para ambos; él permaneció un instante congelado antes de devolverme el estrujón. También a mí me sorprendió mi propio impulso. Pensé que sentía una animadversión casi palpable hacia él, pero en el instante de despedirnos no entendí quién decidía lo que cada uno merecía. Imaginé la cúpula de la estación desde el aire, la isla británica cubierta de nubes, la Tierra suspendida en la negrura. Sin ponderar qué significan las palabras y el perdón, abracé también a Daniel y, con él, al final de lo que no llegó a ser, y supuse que Terry abrazaba a Hans. Éramos solo historias, porciones de vida que habían coincidido temporalmente, como coincidimos todos, en un trayecto que nunca sabemos cómo será de largo.

Recordé que la escritora Rosa Montero había hablado sobre la continuidad en la mente humana, sobre cómo existía una suerte de inconsciente colectivo que se asemejaba a cardúmenes de peces bailando al unísono. Yo siempre había imaginado a esos peces muy juntos y apretados, llevados por la corriente que los arrastraba, como en un tobogán de agua, pero ahora entendía que a menudo irían a contracorriente. Tozudas, las mentes humanas como bancos de peces nadando contra todo lo que se interponía en el camino, todo lo que nos empujaba a la dispersión o al encierro en nosotros mismos. Luchábamos dando los mismos traspiés, pero siempre buscando ser una primera persona de plural con los demás peces, ansiando compartir con ellos la negrura en la que nos movemos.

Bou se acercó a mí con los brazos abiertos.

—Alicia —dijo con los ojos aclarados por la luz de la mañana.

—Ha sido un verdadero placer —le dije mientras nos abrazábamos.

Todo el placer había sido suyo, dijo sosteniendo mi mano antes de que cada uno se dirigiera a su destino. Él al encuentro de Terry y yo a la oficina de WorldTrans.

—Alicia —dijo de nuevo cuando ya cada uno había comenzado su camino; me giré—: ¿La cerraste alguna otra vez? La puerta del balcón. ¿La volviste a cerrar por fuera?

Solté una carcajada.

—No, nunca más.

Y se dio la vuelta con una sonrisa en dirección a la salida.

Ese lunes hubo varias reuniones y mucho trabajo. Estar ocupada era el mejor de los escenarios. A la mínima que hubiera sentido cansancio o nostalgia, podía dar por terminada la jornada.

Cuando llegué al hotel por la noche tuve la sensación del paso del tiempo, la de que habían transcurrido años en un lapso muy corto. La de no haber recorrido kilómetros, sino muchos días con todas sus noches. Quizá el cuerpo percibe las acciones de recorrer tiempo y espacio de forma parecida, y por eso continuaba teniendo esa sensación.

Caía una lluvia escocesa, con gotas tímidas y lentas. Por suerte, el hotel no era un edificio moderno de ventanas inteligentes que no se abren, sino uno antiguo que dejaba a tu elección abrirlas para lo que tú quisieras hacer. Por el enorme ventanal entraba la humedad suspendida en la atmósfera, y el frío de la noche enseguida llenó el cuarto. A lo lejos se oía la versión de *That's Life* de James Brown.

Después de la ducha, pensé, pediría por internet una copia de *Rocco* para que estuviera esperándome en casa al llegar a Londres al final de la semana. Saqué el ordenador de la maleta y, junto a él, salió la revista que había fingido leer antes de que Terry se presentara. No recordaba haberla guardado con mis cosas, pero había sido una noche larga.

Cuando iba a tirarla, vi que en la portada había un *post-it* amarillo con una C mayúscula. La abrí, y en la segunda página vi otro con una A. Sonreí con la saliva un poco más espesa a las puertas de la garganta: ocho *post-its* en las primeras ocho páginas de la revista que, juntos, decían: «*CALL ME!*». O sea, llámame. Y, en el octavo, un número de teléfono americano. Sonreí al recordar los ojos de color miel bajo la cúpula de Waverley.

En la habitación entraban la noche, el frío húmedo y los acordes de James Brown cantando aquello que habíamos oído más veces en la voz de Frank Sinatra... *I've been up and down and over and out, and I know one thing. Each time I find myself, flat on my face. I just pick myself up and get right back in the race...*

Guardé los ocho *post-its*, me duché y dormí con un sueño profundo.

La semana en Edimburgo pasó deprisa, y el viernes cogí el tren de vuelta. De camino a Londres, cruzando la isla hacia el sur, fue inevitable no pensar en Terry, en Bou, en las palabras que llenaron el compartimento. ¿Cuánto hablé yo sobre mí? ¿Había escuchado solamente el relato de Terry o habíamos compartido historias igual que las amebas practican el sexo? Recordé un ensayo de Ursula K. Le Guin en el que la escritora explica que la reproducción de las amebas se asemeja a la mejor versión de la comunicación entre seres humanos. Los microorganismos se reproducen fusionándose; un tipo de sexo nada monologante, idílico y además transformador, porque dejan parte de su material genético la una dentro de la otra: un intercambio perfecto de historias. Para que la noche del domingo hubiera sido sexo amébico, yo tendría que haber

contado más, pero ningún relato está nunca completo; falta-
ban las versiones de todos los que participaron: la visión de
Daniel, la opinión de Arturo Belando, lo que vivieron Saleh y
Jananiah. Yo tampoco había escuchado a Hans ni a Mina, ni a
Donovan Seymour, cuyo artículo aún no había leído, y no lo
haría hasta que leyera *Rocco*.

Una semana después de llegar a Londres, caminando por
el centro reparé en un edificio detrás de Euston Road que no
había visto nunca. Me llamó la atención por la inscripción
latina de la puerta, INDOCILIS PRIVATA LOQUI. Es decir, no apto
para revelar secretos. Me fijé en la entrada y vi una lista de
espectáculos de magia; THE MAGIC CIRCLE, decía arriba.

Había oído hablar de aquel lugar. Un club de magos que
existía desde principios del siglo pasado. Entré a merodear y
descubrí varias zonas exclusivas para miembros, bibliotecas,
archivos, pasadizos a los que se prohibía la entrada. La exclusividad no parecía solo cuestión de proteger los secretos de los
magos; según leí en la historia del lugar, la institución había
tratado de dejar fuera a las magas, que, hasta los años ochenta, se habían hecho pasar por hombres para poder actuar en
la prestigiosa institución. Las historias sobre la exclusividad
de cualquier lugar se parecían siempre bastante. Finalmente,
en 1991 las magas ganaron la batalla y ahora la vicepresidenta
era una mujer, una maga que se encargaba, entre otras cosas,
de desacreditar y expulsar a cualquier miembro que revelara
algún secreto sobre cómo se ejecutaban los trucos. La imaginé
poderosa, una mujer con la capacidad de hacer desaparecer a
traidores e indeseables. En mi mente era rubia, con el pelo
corto, como el sapo de la heladería, pero con una enorme
chistera.

En su lista de eventos vi que había un espectáculo de magia recurrente llamado *Magia para todo el que haya querido ser mago alguna vez*. A pesar del mensaje en los *post-its*, no había llamado a Bou desde que nos separamos en Edimburgo. Temía no tener nada que decirle y no sabía si quería seguir hablando sobre Terry y Hans. Pero, al ver ese espectáculo, compré dos entradas y se las mandé a la dirección de e-mail de la universidad. Por suerte aún recordaba que su nombre completo era Mick Boulder.

La mañana del sábado amanecí en Kings Cross tras el trayecto de vuelta a Londres. Cuando llegué a casa me encontré la copia de *Rocco* esperándome en el felpudo. Pero, como otras veces, el presente se impuso y no lo empecé inmediatamente. Lo dejé en la mesilla hasta que, al volver esa noche de merodear por el teatro del Círculo de la Magia, lo leí del tirón.

Como no podemos leer ninguna historia sin dejar en la puerta todo lo que somos, cuando terminé *Rocco*, los oídos me zumbaban con las acusaciones de Bou a Terry, con el gesto de Terry al tratar de explicarse. Leí la historia sin quitarme de la cabeza el compartimento del tren, sin dejar de ver el río Charles cuando debía ver Mallorca, pensando en la responsabilidad de Terry sobre Hans, de Daniel sobre mí.

Tras la lectura de *Rocco*, encontré también el artículo de Seymour y, después, abrí las compuertas a la obsesión que puede generar el exceso de información en internet. Basta empezar a teclear «Terence Milton» para que aparezcan las palabras «asesino», «depravado» y un sinfín de teorías acerca del paradero de Hans, que, en la opinión de muchos lectores, no existía ya, porque Hans, afirmaban muchos, se había suicidado tras la publicación del libro. Otras teorías aseguraban que Hans nunca existió, que Donovan Seymour estaba compinchado con Terence Milton y que juntos habían inventado a Hans Haig para vender más libros. También los había que culpaban de todo a Seymour, pues había contribuido a la caída de Hans a base de destapar las claves de *Rocco*.

¿Estaba Terry capacitado para entender lo que había provocado? Cuando se trata de responsabilidad, todo son matices; ¿dónde se encontraría su conciencia en la escala de grises? Tuvo que figurarse que su historia afectaría a Hans, que el riesgo estaba ahí. Pero ¿a quién no le gusta jugar con fuego? ¿Y si se acaban quemando otros? ¿Me quemé yo mientras jugaba Daniel?

El aluvión de teorías que se podían leer online no era muy diferente del torrente de preguntas que podían seguir atormentándome. Pensé en el abrazo de Terry en el *hall* de la estación. Como no tenía otra certeza, me alegré de tener esa, una porción de vida, un instante de nuestras historias que el tren nocturno colocó en la misma dirección. Porque durante esa noche, larga e incierta, los tres habíamos nadado a contracorriente, muy apretados y juntos, en primera persona de plural.

Detrás de Tower Bridge, en la orilla norte del Támesis, solo hay que callejear un poco para dar con St Katharine Docks. En esa zona exclusiva, que recrea el ambiente de una marina mediterránea, el paseante camina entre pisos de nueva construcción, yates y nudos marineros que le alejan momentáneamente de la realidad londinense.

Yo vivía en Wapping, una de las zonas más lúgubres y céntricas de la ciudad, que, aunque está sorprendentemente cerca de esa marina, es parte de otro mundo. Sabemos que hemos entrado en Wapping cuando a nuestro alrededor solo hay calzadas adoquinadas y los almacenes de esa orilla norte absorben la poca luz que desprende el cielo. En los depósitos fluviales de sus calles suele leerse pintada en vertical la palabra *wharf*, un término del inglés antiguo que significa banco u orilla. Hoy casi todos están reconvertidos en apartamentos diáfanos y espaciosos, aunque, en muchos casos, extremadamente oscuros por lo estrecho de las calles; solo unos pocos privilegiados miran al río, y esos no comparten la luz con nadie.

Wapping no es una isla. Pero es una zona que se concibió alrededor del agua y que existe por su proximidad al río. Las primeras menciones de este barrio londinense datan del siglo XIII y, desde entonces, ha sido escenario de crímenes, de la sordidez que a menudo acompaña a las zonas portuarias: piratas y maleantes que descendían de los barcos, merodeadores que llegaban por tierra en busca de botines a bordo de los navíos. La zona quedó prácticamente destruida a causa de los bombardeos alemanes de la Segunda Guerra Mundial y, durante los años cincuenta, sesenta y setenta se convirtió en los confines de Londres, un barrio derelicto de calles abandonadas, almacenes derruidos y puertas carcomidas por la humedad del río.

Ahora, como tantos lugares de la capital británica, lo lúgubre de su historia lo ha convertido en atracción turística. Grupos de curiosos y sus guías se deleitan con leyendas de las ejecuciones y fantasmas que poblaron las noches de niebla junto al Támesis. Yo había encontrado allí un estudio con un alquiler razonable, y me gustaba vivir en un lugar donde la cercanía del agua hacía de la atmósfera algo poroso; del río emana no solamente humedad, sino también la bruma que vela la realidad de madrugada, convirtiendo todas sus calles en un escenario de ficción detectivesca.

El silencio que más se acusa es el que nos rodea en la ciudad. En Socotra el silencio es parte del aire; las playas infinitas y las dunas están hechas de quietud. En la ciudad, sin embargo, resulta anómalo cuando el mundo suena como si le hubieran aplicado una sordina, y eso es lo que ocurre en las calles sin apenas comercios ni tráfico de Wapping.

Habían transcurrido tres semanas desde la noche del tren: una en Edimburgo y dos en Londres. Tras la primera semana en Londres, me topé con el Círculo de la Magia y aquello abrió de nuevo las compuertas a Bou, a Terry y a Hans, y, por fin, esa noche, leí *Rocco*.

Una semana después, salí de casa con intención de ir paseando hasta el Old Vic, el teatro que se encuentra detrás de la estación de Waterloo. Había comprado una entrada para *Vidas privadas*; *Rocco* seguía llamando a mi puerta y era más fácil cruzar la ciudad que irme hasta Mallorca o hasta el Jane Hotel, a orillas del río Hudson.

Pensaba en todos los lugares que, a pesar de encontrarse en tierra firme, existen como resultado del medio acuático. Pensé en el Gulf Dove, el petrolero encallado en las dunas de Socotra, tal vez para siempre; la vida del agua que muere cuando llega a la costa. También el Gulf Dove fue atacado por piratas como los que habrían aterrorizado a los vecinos de Wapping a lo largo de siglos. Recordé el silencio del colosal buque inmóvil, abandonado en las dunas tras la huida de unos marineros hermanados por las olas con los que atracan sus barcos en el Támesis. Desde allí zarparían a cruzar el océano Atlántico y llegarían hasta el río Hudson, a pagar veinticinco centavos de dólar para dormir en el Jane Hotel. El agua como modo de vida y de subsistencia para quienes sufrirían mareos de tierra cuando sus cerebros se negaran a aceptar la solidez del suelo firme.

Al salir de casa, crucé el Bascule Bridge, inconfundible con su hierro forjado de color rojo Chanel. Era un día de inesperado sol, sobre todo para estar en octubre, un mes en el que a menudo se acelera la llegada del otoño y de la oscuridad que lo acompaña. Atravesé gran parte de Wapping, llegué al río y crucé Tower Bridge hasta la orilla sur, que, a esa altura de la ciudad, pertenece a otro mundo. Un mundo sin neblina, sin maleantes ni silencio, plagado de turistas, de cafeterías con enormes madalenas, de pubs repletos de flores en sus balcones, de músicos y artistas; la orilla más luminosa. Dejé atrás el navío HMS Belfast, que no está encallado como el Gulf Dove, pero también permanece impávido en la costa fluvial. A la altura de London Bridge perdí de vista el río unos minutos y, poco después, me topé con las riadas de turistas que atraen The Globe, Borough Market y la Tate Modern. El tramo de concentración de masas es corto; pronto aparecen las bombillas azules en los árboles cercanos a Gabriel's Wharf y, enseguida, los puestos callejeros de libros usados que se extienden frente al British Film Institute.

Como saben las *flâneuses*, los pasos con los que se avanza en la ciudad incitan a retroceder en el recuerdo. En ese recuerdo quedaba Socotra y la quietud de los meses en Madrid, más presentes últimamente, desde que los invocara la noche del tren. También desde ese trayecto, las imágenes de Terry y Bou, mezcladas con las de Rocco y el profesor, parecían haberse instalado conmigo en casa.

Cuando llegué a las proximidades del Old Vic aún era pronto, así que caminé por una calle peatonal cercana al teatro donde cada comercio parecía un lugar de encuentro. Entré en un bar que tenía una Vespa antigua expuesta en la ventana y del que salió un gato blanco y gris. Era un lugar destartalado a conciencia, de los que celebran los trastos, los aparatos rotos y lo inservible. Botellas convertidas en velas chorreantes poblaban unas mesas que podían ser pupitres de una escuela que tuvo que cerrar durante la guerra. Transistores de los años setenta, bombillas de verbena de pueblo, reliquias del sur de Italia, publicidad oxidada de Coca-Cola... Todo era un tributo a la nostalgia y a un mundo analógico que ya no existía; una ilusión que se desvanecía con los MacBook de última generación que llevaba toda la clientela.

Me senté en una mesa cercana a la puerta; en la pared de enfrente, en grandes letras de madera se leía la palabra SPANISH. Debajo, una chica tecleaba concentrada en su ordenador. La joven, pensé, podría ser española, como yo. Pero también podía ser que verla bajo las letras me llevara a pensar que lo era.

La chica que quizá era española guardó su ordenador portátil y sacó unos folios con texto impreso en los que hacía anotaciones a lápiz, lo que la convirtió en el ser vivo más analógico del lugar, ahora que el gato había salido. La puerta se abrió y entró un joven que sonrió al ver a la presunta española, a la que reconoció de espaldas. Se puso delante de ella con las gafas empañadas mientras se aflojaba la bufanda. Ella se levantó para abrazarle y comprobé que ambos eran, en efecto, españoles. Su forma de saludarse indicaba que llevaban tiempo sin verse. Ella había atraído la silla libre hacia sí para que él se sentara más cerca. Guardó los folios y, con su lenguaje corporal, indicó que a partir de ese momento le prestaría toda su atención.

Aunque había intuido correctamente lo que eran Terry y Bou en el compartimento nocturno, no siempre resulta evidente la relación que existe entre dos personas con las que nos cruzamos. Se habían saludado como dos viejos amigos. «Amigos» era probablemente el título que se daban la desconocida española, vamos a llamarla Andrea, y su amigo, innominado por ahora. Lo habrían sido desde hacía tiempo, pero supuse, al verlos reír juntos, que quizá no lo fueran siempre. Que acaso un día para el que aún quedaban muchos años dejarían de ser solo amigos y pasarían a convertirse en el testigo el uno del otro. O quizá no, quizá perderían el contacto unos meses después de ese encuentro y serían solo recuerdo. En algún lugar más cálido que Londres había en ese momento una mariposa que aleteaba para desencadenar una versión de la realidad u otra, pero yo ya no la conocería porque iba a empezar *Vidas privadas* y me levanté para dirigirme al teatro.

De camino a la puerta se me cayó un guante sin que me diera cuenta.

«Perdona», oí en nuestro idioma. La chica me extendió el guante y también una sonrisa: «Se te había caído», dijo de nuevo en español. Le sonreí con la sensación que a menudo nos surge al toparnos con nuestros compatriotas en el extranjero: la impresión de familiaridad, aunque solo nos hayamos cruzado con ellos un instante. Le di las gracias y nuestros dedos se rozaron un momento cuando me devolvió el guante. En la barra, la camarera dejó un café y gritó con acento británico: «¡Marta!». La falsa Andrea se giró y yo salí hacia el teatro.

Vidas privadas resultó ser una divertida comedia de costumbres, y sobre todo de enredos. De camino a casa pensé en la versión de Richard Burton y Elizabeth Taylor, en el peso que habrían adquirido aquellos diálogos ligeros de Elyot y Amanda en boca de ellos dos. Pensé en Prandi, que ya nunca podría representar el papel de Amanda a pesar de haberlo conseguido en aquella audición neoyorquina. Por supuesto, el principal motivo para que Prandi no hiciera de Amanda no era que estuviera muerta, sino que siempre había sido un personaje de ficción. Y esa idea me llenó de extrañeza.

Estaba a la altura del legendario pub The Prospect of Whitby, que abrió sus puertas en el siglo XVI; un establecimiento conocido por haber albergado a piratas y sicarios, por encomendarse al Támesis y por haber recibido, atraídos por todo lo lumpen del local, a clientes como Richard Burton, Frank Sinatra y Kirk Douglas. A la izquierda están las Pelican Stairs. El pub solía llamarse The Pelican y a las escaleras contiguas aún se las conoce así. Por ellas no solamente se accede al río, sino también al muelle de ejecución, donde se acabó con la vida de numerosos prisioneros, maleantes y personas inocentes; lo macabro del lugar exacerbado por la horca que rememora aquellos tétricos días.

Siempre que volvía a casa de noche, era más consciente de la historia de la zona. Caminaba aguzando el oído para adelantarme a quien pudiera tratar de permanecer oculto. Prestaba especial atención a lo que ocurría detrás de mí, como han hecho tantas mujeres volviendo a sus casas, adentrándose en portales, entrando en ascensores, siempre volteadas, los cinco sentidos activados. Esa noche, en cambio, a la altura del pub, no tardé en reparar que no era detrás sino delante de mí donde había alguien agazapado. En lo poco que alcanzaba a ver de las Pelican Stairs, advertí un cuerpo asomado intentando ampliar su campo de visión hacia el Támesis. Vacilé sobre si seguir adelante o dar la vuelta y, mientras dudaba, la persona semioculta quedó a la vista bajo la tenue luz de una farola cercana y supe, antes de verla entera, que se trataba de Bou. Él aún no me había visto. Sonreí por dentro y por fuera sin ningún testigo de mi sonrisa y me acerqué a él.

—Buenas noches, señor Boulder —dije fingiendo naturalidad ante la idea de que se encontrara a escasos metros de mi casa.

—¡Alicia! —Se sobresaltó—. ¡Casi me matas del susto! ¡Qué lugar tan tétrico! ¡De dónde has salido!

—¿De dónde has salido tú? Yo vivo aquí al lado.

Bou se llevó las manos a la cabeza y respiró hondo mirando al cielo, como recuperándose del susto y haciéndome reír con lo exagerado de su representación.

—¡Ya lo sé! —dijo a carcajadas señalando en dirección al Bascule Bridge—. Estaba esperándote en la puerta de tu casa y, como no llegabas, vine a este pub que vi abierto. He dejado mi maleta y una pinta de cerveza dentro, pero el camarero me ha dicho que tenía que salir y ver estas escaleras, que son famosas por no sé qué ejecuciones. ¡Me he asomado y he visto una horca! ¡Qué espanto de lugar! ¡Y tú apareces de la nada como un fantasma!

Estuve a punto de contarle la lóbrega historia de Wapping antes de saber qué hacía a cincuenta metros de mi casa.

—Pero ¿tú no habías vuelto ya a Nueva York con Terry?

—Esa era mi intención, pero estábamos todavía en Escocia cuando me llegaron dos entradas para un espectáculo de magia en Londres. Así que cogí un tren hasta aquí. Oye, ¿sabías que hay trenes que cruzan toda la isla?

—¡No me digas!

Reímos los dos.

—Vamos dentro, que las pintas se calientan muy rápido —dije.

En el interior de The Prospect of Whitby, vi el equipaje de Bou y él percibió lo que acaso interpretó como alarma por mi parte (¿piensa este mudarse aquí conmigo?) y respondió a mi pregunta mental.

—No te preocupes, que no vengo para quedarme a vivir. Esto no es *Rocco*: venga, me voy a vivir a tu casa, aunque no te conozco de nada.

—Ja, ja, ja. Sí, me imagino que no era ese tu plan.

—¿Ya has leído *Rocco*, por cierto? —preguntó Bou.

—El fin de semana pasado. De hecho, ahora mismo vengo de ver *Vidas privadas* en el teatro.

—Pobre Prandi; nunca pudo hacer de Amanda.

—Sí, pobre Prandi.

—¿Y? ¿Qué te ha parecido *Rocco*?

—No sé. No lo he podido leer como una historia sin más. En mi mente, el profesor cuyo nombre desconocemos es siempre Terry. Ya sé que no es así, pero así lo he leído: el profesor como Terry y Rocco como Hans, aunque no conozca a Hans. Lo he leído también con la sensación de seguir en el tren y de que, o bien esa noche fue a su vez un escenario de ficción, o bien *Rocco* es una historia real.

—Te entiendo... «No hay, a la vez, nada más real ni nada más ilusorio que el acto de leer».

—¿Se te ha ocurrido ahora? —le pregunté.

—No, ni siquiera se me ha ocurrido a mí. Es una frase de Ricardo Piglia.

—Piglia... Qué extrañeza y desolación pensar en él, en Marías, en Kundera, en Didion, en los autores con los que he crecido y que han fallecido mientras yo aún vivo y navego por sus libros y sus mentes. Con mis poetas modernistas nunca he coincidido en el mundo, pero me cuesta acostumbrarme a la idea de que se hayan ido los escritores con los que sí he compartido un espacio temporal, y pensar que sus personajes se hayan quedado huérfanos e inanimados.

Bou me miró con afecto.

—¿Tienes hambre? —le pregunté.

—¡Mucha!

—Hay un restaurante italiano aquí al lado. Podemos ir si quieres. Yo tampoco he cenado.

—¿Tiene paella de bogavante y sándwiches bikini además de comida italiana?

—No. —Reí recordando la escena de *Rocco* en Il Trucco, adonde luego resultó que Terry también había ido a cenar con Hans en la vida real.

Il Bordello es un restaurante familiar, con iluminación poco seductora y amables camareros octogenarios. Sin pretensiones neoyorquinas ni conciencia de parecer italiano o antiguo, con raciones generosas de comida sencilla y muy rica. Pedimos *cotoletta alla milanese, spaghetti alla puttanesca* y vino de la casa.

Esa noche reímos y compartimos una velada como los viejos amigos que en realidad no éramos. Bou me contó que la conferencia de Terry en Edimburgo había ido bien, pero que, tal como había anticipado él, al terminar le hicieron preguntas sobre *Rocco*. Le pregunté cómo lidió Terry con ellas y él hizo una pausa para recordar el momento.

—No tan mal, la verdad. Podría haber sido peor.

Me contó que, tras la conferencia, habían hecho un viaje a las Highlands y que cuando le llegó mi e-mail con las entradas para el espectáculo de magia, decidió cambiar su billete de vuelta y volar desde Londres cuatro días más tarde.

—¿Así que te has invitado a mi casa cuatro días?

—Depende. Tengo una reserva que aún puedo cancelar en un Airbnb dos calles más allá —dijo señalando hacia la puerta del restaurante.

—Si me llevas al espectáculo de magia contigo, te dejo que te quedes en mi casa.

—Trato hecho.

—¿Cómo está Terry? —le pregunté—. ¿Ya se ha ido a Nueva York?

—Sí, ayer cogió el vuelo en Edimburgo.

Había muchas cosas que quería preguntar a Bou, pero no sabía por dónde empezar. Quería hablar del hecho de que estuviera en Londres, pero Terry, Hans y Rocco llamaban a la puerta y, ahora que estaba allí él, quizá podía abrirla.

—Bou, ¿tú qué crees que le pasó a Hans? ¿Crees que se suicidó? ¿Desapareció sin más? ¿Dónde pudo ir?

—No lo sé. En realidad, nunca lo conocí mucho. Y Terry, como nos dijo en el tren, lo imaginó más de lo que lo conoció. Tampoco creo que él tenga una idea real de su paradero. Pero si tuviera que aventurar una teoría, no diría que se suicidó. Diría que se alejó del mundo en el que se movía, de sus compañeros de casa y de Nueva York.

—Como Rocco.

—Sí, más o menos como Rocco —dijo Bou llevándose a la boca un trozo de *cotoletta*—. ¿Quieres probar?

—No, gracias. Rocco tampoco se suicida al final, creo yo.

—¿En el libro? No, yo tampoco creo que se suicide. Creo que se va y que, al irse, le es posible rodearse de otros lugares y otras personas y, así, él también se convierte en otro. Es una manera de suicidarse, pero obviamente no es un suicidio como tal.

—Querría pensar que algo así fue lo que hizo Hans —dije.

—Sí. Yo también.

Comimos, brindamos, hablamos de cosas que no eran *Rocco*, de personas que no eran Terry ni Hans, y salimos juntos del restaurante.

De camino a mi casa, le enseñé otro acceso al río menos tétrico, uno en el que no se ve la horca. El agua estaba muy baja y dejaba a la vista gran parte de la pared del muelle que normalmente quedaba cubierta. Enverdecida por el musgo, parecía un esqueleto o un andamio, como si alguien se hubiera olvidado de bajar el telón y tapar lo que había entre bastidores.

Bou se quedó a dormir en mi casa, y ya no fuimos ficción ni palabras, sino sábanas y saliva espesa. Solamente una noche. O cuatro.

Terry había muerto hacía tres meses. No supe que estaba enfermo hasta poco antes de que falleciera; tampoco sospeché que ya pudiera estarlo cuando le conocí en el tren a Edimburgo. Cuando Bou me habló de su enfermedad unas semanas antes de su muerte, rememoré aquella noche, su pesar, la culpa con la que cargaba, su imagen en el espejo. Y lo vi todo con otros ojos; los de quien, tras haber completado la cara roja del cubo de Rubik, recuerda que quedan cinco colores por encajar, aunque no estén a la vista.

La muerte de alguien siempre supone otra vuelta de tuerca en su relato. Podría parecer que ha terminado su historia, pero al final de la vida se alzan voces, se remueve lo que acaba de silenciarse. Seguían existiendo muchos que juzgaban a Terence Milton, pero, tras su muerte, también surgieron grupos que alababan su tenacidad y defendían su libertad como escritor.

Pocas semanas después de separarnos en Edimburgo, Terry me mandó un paquete con sirope de arce, harina para hacer tortitas y una caja de galletas Insomnia con una nota.

Alicia:

Desde Manhattan, un abrazo como el de la estación.

Siempre tuyo,

TERENCE MILTON

Aparte de eso, no tuve mucho contacto con él, y en aquel trato no hubo nada que sugiriera su deterioro físico. Pero yo estaba aún en la franja de edad en que no tememos por la vida de los demás ni pensamos que quienes están vayan a dejar de estar porque se los lleve su propio cuerpo, arrastrados por tumores o arterias bloqueadas.

Bou siguió viniendo a Londres tras aquella primera visita. Íbamos y veníamos en ese limbo que es el principio de las relaciones cuando dos personas viven separadas por medio mundo o por un océano. Terry no había querido que se divulgara la noticia de su enfermedad, supongo que por miedo a la debilidad que podría proyectar o porque las malas noticias se vuelven más reales cuando las conocen los demás. Y Bou, fiel a su mentor, tampoco me dijo nada. Hasta que, en una de las ocasiones que fue a verle a su apartamento en el Village, comprendió que su profesor estaba atando cabos en su vida, dejando organizadas sus publicaciones y su pequeña herencia, porque había entendido que le quedaba poco tiempo con los vivos.

En una de esas visitas, hacía poco más de tres meses, con tono confesional, Terry le había pedido a Bou que le escuchara. Sabía que iba a morir sin saber qué le había ocurrido a Hans. No había nada que hacer al respecto y él lo había aceptado. Pero quería pedirle a su joven amigo que, una vez él ya no estuviera, encontrara a Hans y se disculpara de su parte; quería que Hans supiera lo que estaba ocurriendo en ese instante: que Terry, en su lecho de muerte, quiso extenderle una última disculpa y que murió deseando que Hans fuera capaz de perdonarle por haber publicado *Rocco*.

Como ocurre cuando alguien nos pide algo en su estado de mayor fragilidad, Bou quiso dárselo todo. Le dolió físicamente, me dijo después, ver a su profesor cargar con esa aflicción y esa culpa, y sintió también la dimensión patética de lo que estaba ocurriendo: que a esas alturas de su vida, quedándole tan poca, Terry aún quisiera controlar su relato, que aún le importara tanto lo que pensara Hans como para pedirle a Bou que fuera tras él, que hiciera de su propia muerte la acción trágica de una historia ante la cual los personajes no pueden sino rendirse, porque ante la muerte ya no cabe arrastrar penurias. Bou le aseguró que le buscaría, aunque no sabía cómo, porque no había dejado ningún rastro.

«Ahí está el asunto —dijo Terry—, que sí lo dejó». Y así fue como le contó a Bou lo acaecido el último día que vio a Hans, cuando llegó enfurecido a su casa, cuando nunca le pudo dar el libro de *Rocco* dedicado porque Hans ya lo había leído y detestaba el texto casi tanto como a su autor. Ese día, le contó Terry, Hans salió enajenado, olvidando en su casa la copia con la que había llegado y los papeles que volaron cuando dio un manotazo al libro que Terry le iba a regalar firmado. Cuando salió a dar su paseo nocturno, Terry recogió del suelo las dos copias de *Rocco* y los papeles, que resultaron ser cartas. Había dos recibos de luz dirigidos al apartamento de Hans en el Lower East Side y otra carta redirigida a ese mismo apartamento desde una dirección de Ginebra. La carta, que parecía algún tipo de notificación del cantón ginebrino, iba originariamente dirigida a Hans Haig, a la Rue de Hesse 12, Ginebra.

Tenía los sellos del correo que se reenvía cuando uno cambia de domicilio. Terry sabía que Hans había estudiado en una escuela ginebrina de teatro, así que era plausible que esa fuera su dirección antes de irse a Nueva York.

Cuando yo los conocí de camino a Edimburgo, habían estado en París, en la presentación de *Rocco* en francés, me recordó Bou. Terry le dijo desde su cama de enfermo que, durante ese viaje, había tenido intención de coger un tren de París a Ginebra y, una vez allí, acercarse a la Rue de Hesse para intentar seguir un rastro que le llevara a Hans. Pero le aterró la posibilidad de aventurarse en un viaje que no diera ningún fruto y, sobre todo, le estremecía la idea de que sí lo diera, de que todo se alineara y encontrara a Hans. Qué le diría, cómo iba a seguir humillándose ante él, lo siento otra vez, me estoy muriendo, perdóname para morir en paz, escribí porque te quería, aunque te quisiera solo para mí y nunca pensara en ti. Terry decidió no ir y, cuando se buscó a Hans, nunca reveló que él tenía aquella dirección.

Así que sí que hay un rastro, le vino a decir Terry a Bou, hay más que eso: la Rue de Hesse es una dirección exacta a la que puedes ir. Si Terry hubiera tenido su vida por delante, no le habría concedido aquello, pero no era así, me dijo Bou.

Me contó todo esto en el primer viaje que hizo a Londres tras el fallecimiento de Terry. Habló bajo el efecto neutralizador y sedante que tiene la muerte de un ser querido, la sorpresa de que el mundo siga girando, de que tus pulmones sigan cogiendo aire y tu corazón latiendo cuando a tu alrededor se ha parado todo.

Hicimos un plan: cuando él volviera a Londres en primavera, yo me tomaría unos días de vacaciones. Volaríamos juntos a Ginebra y estaríamos allí una semana. Si se convertía en un juego de detectives, jugaríamos. Si llegábamos a la Rue de Hesse y allí no había nadie que supiera quién era Hans, lo habríamos intentado y pasaríamos una semana de vacaciones en Suiza.

Transcurrieron casi tres meses; Bou estaba de nuevo en Londres, y la noche antes de salir juntos hacia Ginebra le vi indeciso e inquieto. Había estado sentado en el banquillo mucho tiempo, me dijo. No era su historia, pero Terry sí era su mentor. No quiso o no supo juzgarle cuando publicó *Rocco*; aun cuando nos contó en qué había consistido la traición a Hans —y sí le juzgó—, tampoco entonces había dejado de serle leal. Y ahora, incluso estando Terry muerto, estaba a punto de coger un avión para turbar la vida de Hans, que, si había conseguido escapar de la órbita de Terry Milton y de *Rocco*, no merecía que se le molestara.

Terry había colocado a Bou en el incómodo espacio donde se encuentran quienes se ven atrapados entre su voluntad y su conciencia. Yo, en cambio, no tenía que traicionar a mi mentor si no iba, ni traicionar mi propio juicio si decidía ir. Yo podía viajar a Suiza sin resolver quién iba a pagar por qué acciones. Después de llegar a la estación de Waverley y de abrazar a Terry, su historia también era mía. Así que dejé a Bou en mi cama de Wapping y me fui sola a Ginebra, a la Rue de Hesse 12. A ver si alguien me abría la puerta.

El tren que en ese momento entraba en la estación de Cornavin no tenía compartimentos, ni extraños cuyas vidas fueran a entrar en la mía. Estaba casi vacío y se deslizaba silencioso por las vías, minimizando su impacto donde pisaba. Fuera brillaba un sol de abril que aún era tímido. Aunque nos separaban las ventanillas, sabía que los almendros en flor que veía desde dentro desprendían un olor dulce y suave. Eran árboles bellos y asépticos, de naturaleza ordenada y circunspecta, con un florecer contenido que se alineaba a ambos lados de la vía y anunciaba la llegada a Ginebra.

¿Cuándo terminan los relatos que escuchamos? ¿No había terminado ya aquella historia, que ni siquiera era mía? Meses después de aquel trayecto, seguían dentro de mí las confesiones nocturnas de Terry y la historia de *Rocco*. Y yo estaba, de nuevo, en un tren, esta vez siguiendo los pasos de Hans Haig en su país natal.

La ciudad, que alberga el lujo sin ostentación de los verdaderamente ricos, es un entramado de calles majestuosas y discretas, de bancos de inversión con fachadas sobrias y casas de diamantes con aspecto de hogar familiar. A pesar de la riqueza, también tiene una estación de tren con alrededores bulliciosos y personajes caóticos, como cabe esperar de lo que rodea cualquier lugar al que llegan viajeros y visitantes. En alguna calle de ese bullicio se encontraba mi hotel. Dejé la maleta y vi que la Rue de Hesse estaba a unos veinte minutos andando; caminé hasta cruzar a la orilla izquierda del río y pasé por una de las muchas relojerías de la ciudad. Era un elegante local en el que se leía MASTER OF COMPLICATIONS, en referencia a las complicaciones de los relojes, es decir, a sus prestaciones y características, y los relojes suizos son conocidos por tenerlas en abundancia.

Varios meses más tarde, buscando a Hans por las calles de Ginebra, me pregunté si no era yo la maestra de las complicaciones, buscándomelas por entrar en la vida de los demás o dejar que ellos entraran en la mía. Por comunicarme con unos y otros como amebas reproduciéndose, intercambiando partes de mí por partes de ellos. Así era como llegaban las grandes complicaciones.

En la Rue de Hesse apenas había comercios. El número 12 era un portal de madera del que salía alguien justo cuando yo me acercaba; entré esperando encontrar el nombre de Hans en algún buzón, y así fue: en el que correspondía al apartamento del último piso leí la palabra HAIG. Subí las escaleras un poco incrédula y, al llegar a la puerta, me coloqué la ropa y el pelo; un acto reflejo de quien está a punto de presentarse ante un desconocido. Llamé varias veces y, como no contestó nadie, me senté en el suelo con intención de esperar.

Casi una hora después oí ruidos en el apartamento de al lado, y de él salió una mujer embarazada con un violín al hombro. Se asustó al verme; no esperaba encontrarse con nadie en el rellano de su casa. Me salieron las disculpas en español mientras me levantaba del suelo y ella, que musitó algo en francés al principio, cambió a mi idioma con naturalidad.

—¿Puedo ayudarla en algo? —me preguntó con acento francés.

—Lo siento mucho —me disculpé otra vez—. No. No lo sé. Estoy buscando a un chico que vivía aquí y se llamaba Hans Haig. Se llama Hans Haig. No sé si vive aquí aún. He visto que en el buzón pone su apellido.

—Porque el apartamento es de su familia. Pero Hans ya no vive aquí —dijo cerrando su puerta con llave.

—¿Le conoces? —pregunté a la violinista, pasando al tuteo sin querer.

—¿Quién eres? —me dijo ella, olvidando también el usted y dando un paso atrás.

No había soltado el violín y seguía con las llaves en la mano. Le extendí la mía para presentarme.

—Perdón. Me llamo Alicia —dije mientras ella me apretaba la mano sin convicción.

—¿Eres amiga de Hans?

—No, en realidad, no.

—¿Eres periodista? —preguntó antes de que pudiera explicarme.

—No, no. Soy amiga de un amigo americano de Hans.

En cuanto dije «americano», me di cuenta de que había cometido un error. La violinista levantó una mano, no digas más, hasta aquí hemos llegado.

—Lo siento. Hans no está —dijo con firmeza—. Aunque pases la noche en el rellano no lo vas a ver porque ya no vive aquí. Dile a tu amigo que no ha habido suerte. *Bonne soirée.*

Y empezó a bajar las escaleras con decisión. Sin saber qué otra cosa hacer, bajé detrás de ella en silencio y, una vez en la calle, me interpuse en su camino.

—Siento mucho molestarte. Mi amigo, el amigo de Hans, ha muerto. Entiendo que no quieras hablar conmigo, pero Hans tiene derecho a saberlo. No soy periodista ni voy a hablar con nadie. Solo querría ver a Hans para decírselo. He viajado hasta aquí solo para eso. Por favor.

La violinista se descolgó el instrumento y se tocó la tripa en círculos.

—¿Terence Milton ha muerto?

—Sí.

Respiró hondo mirando al cielo, decidiendo en ese instante la dirección que iba a tomar el resto de la historia.

—¿Alicia te llamabas?

—Sí.

—Alicia, me tengo que ir a un ensayo. Pero si quieres nos vemos luego. ¿Conoces Ginebra?

—No, pero tengo mi teléfono y me oriento.

—Vale. Te veo en La Clémence, en la ciudad antigua. Es una *brasserie* en una placita con otras terrazas; no tiene pérdida. Nos vemos allí en dos horas. No llegues tarde, que me entra sueño pronto. —Y volvió a acariciarse la tripa.

—Gracias, muchas gracias. ¿Cómo te llamas?

—¡Zadie! —gritó ya de espaldas.

Comprobé que no estaba lejos de aquella plaza. Crucé el parque de los Bastiones, que tenía una bella arboleda flanqueando el paseo central y, de ahí, subí a la ciudad antigua, por la que paseé hasta la hora de encontrarme con Zadie. Llegó puntual con el violín y su tripa. Pidió una *verbene* y me preguntó con la mirada qué tomaría yo. Lo mismo, y ella se giró hacia el camarero: «*Deux fois*».

—¿Por qué hablas tan bien español? —le pregunté.

—Por mi novio. Sus padres son gallegos y, aunque él nació aquí, toda su familia es española. Se llama Jaime. ¿Qué haces aquí exactamente, Alicia?

Resumí: conocí a Terry al final de su vida. Me contó la historia de Hans, de *Rocco* y, hace pocos meses, a punto de morir, me pidió que encontrara a Hans y le dijera que Terry nunca dejó de arrepentirse, que se quería disculpar una vez más. «No quiero molestar a Hans, solo darle ese mensaje de parte de Terry», añadí.

—La historia de Hans... —dijo ella con comillas aéreas.

—Sí, Terry me contó la historia de Hans.

—Ese es el problema. Que Hans no es una historia, sino una persona real a la que Terence Milton explotó para su libro.

—¿Así que está vivo? Hans, me refiero.

—Sí, pero no está aquí —dijo Zadie.

Pensé en el miedo de Terry, miedo a que Hans se hubiera suicidado, a que le hubieran hecho algo sus compañeros de casa. Ahora Zadie confirmaba que Hans estaba vivo, pero Terry ya no podía sentir ningún alivio.

—¿Os conocéis desde hace mucho tiempo? —le pregunté.

—De toda la vida. Nuestras familias son amigas. La suya es una de las principales donantes al conservatorio de música, que está muy cerca de la Rue de Hesse. El apartamento al que fuiste es de su familia y, de hecho, en el que vivo yo también. Siempre los alquilan a músicos a buen precio. Hans no es músico, pero como es un piso de los Haig, vivió allí cuando estuvo estudiando en la escuela de teatro. Luego volvió después de que se publicara *Rocco*, pero fue una etapa difícil y al final se marchó.

—¿Se marchó? ¿Adónde?

—Alicia, Hans y yo compartíamos cuna de pequeños. No te voy a decir dónde está, pero si te quedas más tranquila, te diré que está bien. Y descuida, que le daré este mensaje póstumo de parte de Terence Milton.

No podía hacer mucho más. Comprendía la posición de Zadie.

—Gracias. Te entiendo. Yo nunca he conocido a Hans, pero llevo mucho tiempo viviendo su historia, escuchando lo que pasó, lo que sintió a raíz de la publicación, cómo se fue de

Nueva York... Y pensé que, además de darle el mensaje de Terry, me habría gustado hablar con él.

Zadie asintió con la cabeza, como quien entiende lo que está ocurriendo, aunque no pueda ayudarnos. E inmediatamente después, le cambió el gesto por una mueca de dolor. Se puso la mano en la tripa de forma instintiva y apretó los ojos.

—¿Estás bien?

—No sé. He sentido un dolor punzante. —Y volvió la mueca—. ¡Ah! Otra vez.

—¿Qué hacemos? ¿Puede ser que te estés poniendo de parto?

—No, es muy pronto. —Volvió el gesto de dolor—. ¡Ah! ¡Qué horror!

Alguien en la mesa de al lado vio lo que pasaba y le preguntó a Zadie algo que incluía la palabra ambulancia. Ella dijo que sí. Recogí su violín y sus cosas y ella me preguntó con la mirada.

—Voy contigo.

—Vale —dijo agarrándose la tripa.

Vino la ambulancia y, una vez que estuvimos dentro, le pregunté si quería que llamara a su novio. Estaba en España, me dijo. Llegaba al día siguiente por la noche.

Todo ocurrió muy rápido. Al entrar en la clínica, trasladaron a Zadie a una habitación que se llenó de personal médico y cerraron la puerta. Llevaba apenas unas horas en aquella ciudad y ya estaba en un hospital con una parturienta desconocida. Qué maestra de las complicaciones. Al cabo de un rato, alguien vino y me indicó que podía pasar a verla. Estaba en una cama con suero, enchufada a máquinas varias.

—Ha sido un susto. Me van a dejar aquí esta noche por si acaso, pero parece que está controlado —dijo con cara de sueño.

—Pero ¿qué ha pasado?

—Un aviso. Parece que quiere salir ya —dijo señalando la tripa—. Pero no le toca aún, así que me quedo aquí esta noche. Gracias por venir.

—De nada. ¿No quieres que llame a nadie?

—No, estoy bien. Mañana llega Jaime. Le he llamado y ha cambiado su vuelo, así que estará aquí a primera hora de la mañana.

Nos quedamos las dos en silencio. Zadie en la cama de hospital me trajo a la memoria la imagen de Arturo después de su accidente, y también la mía en la cama del San Carlos tras la intervención.

—Zadie, si te parece bien, me quedo contigo aquí esta noche.

—No hace falta. Hay médicos que me atenderán si pasa cualquier cosa —dijo bostezando.

—Sí, ya lo sé. Pero no me cuesta nada quedarme y, cuando venga Jaime mañana, me voy al hotel.

—De verdad que no es necesario. Estoy bien.

Zadie volvió a bostezar y cerró los ojos. Supuse que la medicación la había dejado traspuesta. Volví a recordar el día que me llamaron del hospital tras el accidente de Arturo y sentí, como entonces, que seguramente yo no era la persona más idónea para estar allí en ese momento, pero nunca elegimos a quién nos acerca la vida.

Por la mañana, cuando empecé a desperezarme, Zadie ya estaba despierta.

—*Bonjour*, Alicia. Veo que no te fuiste al hotel. Jaime está de camino en un taxi —me dijo con buena cara.

—Ya. Al final decidí no irme... ¿Te encuentras bien?

—Sí, he pasado buena noche.

Entendí que ya no pintaba nada allí y recogí mis cosas para irme antes de que llegara Jaime.

—Gracias por quedarte —dijo Zadie—. No tenías por qué.

—Ya lo sé. Me alegro de que haya llegado Jaime.

Me acerqué a su cama para despedirme de ella con una extrañeza que no me era ajena, la de haber compartido una porción de vida con un desconocido y saber que su historia, si bien no era mía, viviría un tiempo dentro de mí, que, aunque no volviéramos a vernos, me llevaba algo de Zadie y su bebé, de este último incluso sin haber nacido aún.

—Mucha suerte con el parto. Y gracias por hablar conmigo.

—Gracias a ti. Yo casi no he hablado —dijo. Y me apretó la mano cuando yo ya estaba dándome la vuelta en dirección a la puerta—. Talloires.

—¿Cómo?

—Talloires. Es un pueblo francés a una hora de aquí. Ahí está la casa de la familia de Hans. Sigue el embarcadero hasta llegar a un camino de piedra, y al final verás una casa en lo alto. Ahí viven los Haig.

Dijo esto mientras yo tenía la mano en el picaporte de la puerta.

—Gracias, Zadie —dije despidiéndome.

Caminé en dirección al ascensor, del que salió con prisa un hombre joven, sin afeitar y con cara de sueño. Mucha suerte con la vida, Jaime, pensé.

Sentada en la humedad mullida frente al lago de Annecy en ese día sin viento, el azul del agua solo era y estaba. Cómo habrían pasado los meses de confinamiento en esa minúscula localidad, cuántas personas buscarían luz en casas ajenas para crear una ilusión de compañía, cuántas veces se habría asomado alguien en busca de olas, movimiento, deseando que el lago y el mundo perdieran su quietud. En ese momento, aunque el paisaje fuera estático, el inicio de la primavera y sus ganas de vida ya se palpaban. Era el final del invierno, la certeza de que volvían a florecer el mundo y el cuerpo.

En el césped esponjoso jugaba una niña de ojos vivos con un perrito pequeño y oblongo. La niña reía a carcajadas con el perro salchicha, que, a dos patas, era tan alto como ella. Caminaban entre saltos y jolgorios, divertidos ambos por la fisiología del otro. Con el eco del valle, su alegría parecía infinita. Alguien los vigilaría desde alguna ventana de las casas vecinas; tampoco podrían llegar muy lejos. Un instante de movimiento y de vida.

Vi el embarcadero y el camino que me indicó Zadie. Al final se entreveía la cancela que, supuse, daba acceso a la casa de los Haig. En lo alto se distinguían sus muros de piedra cubiertos por plantas centenarias. Empujé la verja de hierro, que estaba entreabierta. El jardín de la casa empezaba en la parte baja: una pérgola de piedra, una estatua, hiedras y rosales y, al final, una enorme escalinata. Al llegar arriba, oí una melodía de piano que se colaba por las ventanas. Crucé el patio de entrada, que tenía un camino de césped con forma de cruz y una fuente de piedra en el centro.

—*Hello? Bonjour?* —Me acerqué a una ventana abierta del piso de abajo.

En ese momento llegó un labrador negro moviendo el rabo y, detrás de él, una mujer secándose las manos en el delantal atado a la cintura.

—¡Frankie! ¡Frank! —iba gritando—. Ah. *Bonjour, madame* —dijo al verme de pie en el jardín.

Pregunté si ella o alguien en esa casa pertenecía a la familia Haig y la mujer asintió y me pidió que la acompañara. Entramos por una puerta trasera. La casa, como cabía esperar, tenía techos altos y estancias espaciosas. En una habitación bañada por luz tibia, una mujer rubia que no llegaría a los cincuenta años tocaba el piano. Al otro lado de unas ventanas francesas, se veía el jardín trasero con una mesita redonda de hierro negro. Cuando nos vio en la puerta de la gran habitación se apartó del piano y vino hacia nosotras.

—Veo que ya has conocido a madame Baton, la persona que manda en casa. Y supongo que también te ha saludado Frank. Alicia, ¿verdad? —dijo extendiendo la mano—. Madame Haig. —Y me la apretó fuerte—. La madre de Hans. Encantada.

Hablaba inglés sin acento francés, con una de esas cadencias propias del inglés internacional, típico de quienes han aprendido el idioma a ambos lados del Atlántico, entre colegios internacionales, pistas de esquí en los Alpes y arena fina de las playas de St Barths.

Me indicó que nos sentáramos en el jardín de detrás. En la mesita de hierro habían aparecido dos vasos y una jarra de agua con hojas de menta.

De repente me sentí ridícula. Y también intimidada por madame Haig. ¿Qué hacía allí? Claramente, Zadie la había avisado de que yo estaba en camino. ¿Qué le iba a decir ahora que la tenía delante? Me miró con unos ojos azul acuoso, como los que se describían en *Rocco*, como los que suponía que tenía Hans. Me imaginé que esa sería la casa en la que pasó aquellas noches de alucinaciones de pequeño, mientras sus padres discutían. Había imaginado un lugar modesto, pero ¿por qué? Supuse que habían sido aquellos comentarios acerca de la precariedad en *Rocco*. Pero Hans no era Rocco. Me pregunté por qué Terry nunca hizo ninguna mención a la posición de Hans. La amenaza que suponían sus compañeros de casa y el deseo de protección de Mina me habían llevado a asumir que se trataba de alguien necesitado. Era posible que Terry no conociera detalles sobre la familia de Hans. O que aquella casa y aquella madre, que rezumaban dinero de familia, en realidad se debieran a otra cosa. O que, con familia rica o sin ella, lo que le había ocurrido en Nueva York a Hans tuviera la importancia que yo había asumido que tenía. En los minutos que pasé en esa casa entendí que estaba equivocada si con ese viaje esperaba completar un color del cubo de Rubik, el color de la historia de Hans. Apenas sabía nada sobre él y en Talloires me di cuenta de que sabía menos de lo que creía. Y que seguramente ese fue también el caso de Terry. Y que nada de ello tenía ya remedio ni importancia.

—Has viajado hasta otro país, Alicia. Has pasado la noche con Zadie en el hospital, y ahora has llegado hasta mi casa. Son muchos esfuerzos. Dime, ¿qué quieres saber?

Madame Haig era una de esas personas con expectativas claras; quienes estuvieran a su alrededor pasarían una vida entera intentando cumplirlas. ¿Qué quería saber? Quería ver a Hans. Le dije que Terence Milton había sido un amigo de Hans, que seguramente ella sabía quién era, que había muerto y que me gustaría decírselo a su hijo.

—Sí, sé quién era Terence Milton, y sé que ha muerto porque me lo ha dicho Zadie esta mañana. Pero Hans no está aquí y yo soy lo más cercano a él que vas a estar. ¿Quieres que le diga algo más aparte de comunicarle la muerte de Mr Milton?

Le transmití las disculpas de Terry, el arrepentimiento de una persona a punto de morir. Cuánto hubiera significado para él que Hans fuera consciente de su remordimiento.

—Gracias por venir hasta aquí, Alicia. Así se lo transmitiré a mi hijo.

Y se levantó dando por finalizado el encuentro.

—Madame Haig —dije poniéndome en pie yo también—. Siento haberla molestado en su casa. Mi historia se cruzó con la de Terence Milton y, desde entonces, he pensado mucho en Hans. Además de darle la noticia de su muerte, tenía la esperanza de conocerle, de verle con mis propios ojos. Querría hablar con él sobre Terry y lo ocurrido en Nueva York, y que él también compartiera conmigo su versión de la historia.

No le iba a decir que yo ya tenía una parte de Hans dentro de mí y que quería darle algo mío, dejarle una parte del tren, del abrazo a Terry. Tampoco le confesé que quería saber quiénes fueron sus compañeros de piso de Nueva York, qué hicieron en la realidad, qué pasó para que él huyera, si realmente *Rocco* le arruinó la vida, como Terry se murió pensando.

Madame Haig me lanzó una mirada entre condescendiente y conmovida.

—Lo siento, Alicia. Hans no está aquí. Pero le comunicaré todo lo que me has dicho. Madame Baton te acompañará a la puerta. —Y sin que mediara palabra entre ellas, apareció la señora Baton con Frankie el labrador.

Un último intento, el dado que rueda para probar suerte antes de recogernos.

—¿Hans no está aquí ahora o no vive aquí?

—Hans no se encuentra en la zona, querida. Gracias por venir. Buen viaje de vuelta.

Madame Haig eludía cualquier pregunta sin esfuerzo y decía siempre lo suficiente para poner fin a la conversación. Desapareció de mi vista y yo seguí los pasos de la señora Baton, y Frankie los míos.

Llegamos a la puerta principal, que no era por la que habíamos entrado. En la cómoda contigua había una fotografía arrugada apoyada en una lámpara. En ella, una joven rubia abrazaba a un niño pequeño. Ambos tenían el pelo mojado y estaban envueltos en toallas, sonriendo a la cámara divertidos. Ahí estaba: la fotografía de la que Hans había hablado a Terry, la que siempre llevaba consigo, la que luego apareció en *Rocco*. Tenía que ser la misma copia porque, de haber sido otra, estaría enmarcada, no arrugada al lado de las llaves. Entendí que si Hans no estaba ahí en ese momento era por mí. Pero que sí estaba. Seguramente en alguna de las habitaciones de esa casa o en un pueblo cercano, esperando a que su madre le avisara de que ya podía volver. Estuve a punto de coger la fotografía, pero no era mía, como tampoco lo era la historia. Saqué el móvil y le hice una fugaz foto.

Madame Baton, Frankie y yo salimos por la puerta principal. Crucé el patio ajardinado y avancé por el camino que llevaba a la escalinata. Sentí los ojos de la señora Baton en la espalda, asegurándose de que salía de aquella casa. Al llegar abajo vi la estatua de los angelotes de piedra junto a la pérgola y agrandé la foto que acababa de hacer. Allí estaban; en la fotografía, la joven madame Haig y el niño Hans sonreían empapados, imitando la posición de los querubines. Fuera, al otro lado de la cancela de hierro, se encontraba el lago inmóvil, rodeado de montañas. Supuse que aquel paisaje era el cuenco geológico del tatuaje de Hans y, por tanto, también el de Rocco.

Más allá de los muros de piedra y las plantas trepadoras se encontraban las nubes, algunas altas y difuminadas, como un filtro grácil, otras algodonadas como una colcha mullida. Me vino a la mente aquella bella palabra que acuñó Rubén Darío, nefelibata, del griego *nephélē*, nube, y *bátēs*, que anda. Nefelibata es la persona soñadora que anda por las nubes y no se apercibe de la realidad. Pensé en Bou; estaría solo en mi estudio de Wapping. Sonreí al recordarle asustado aquella primera noche cerca de mi casa, entusiasmado hablando sobre las flores de cristal, haciendo parte de su camino junto a Terry, el inventor de historias. Saqué el teléfono, le mandé la foto de la foto y cambié el vuelo para volver a Londres esa noche.

Me alejé de la casa por el estrecho camino que bordeaba el lago. La pared, tomada por el musgo y la humedad, emanaba frío y desprendía una vida oculta de insectos palpitantes a punto de revelarse con la llegada de la noche.

Hans quedaría congelado, como los personajes de ficción cuyos autores fallecen. No conocería nunca su versión de los hechos. Pero este es solo un final, porque mientras la mariposa aún aletee, las palabras de los demás, como madejas de seda que no dejan de enmarañarse, podrían volver a cambiar el rumbo de esta historia.

Agradecimientos y reconocimientos

Querría agradecer al Departamento de Lenguas y Literaturas Romances y a toda la Universidad de Colgate el haberme dado un lugar donde dedicarme a la literatura, y también a los amigos que han hecho casi tropicales los inviernos más gélidos; ellos saben quiénes son. Sería difícil imaginar los años allí sin las palabras de Niki Keating. Mi admirada y querida CJ Hauser me animó a seguir por el camino de la ficción, y me aseguró en una plaza de Padua que este libro se publicaría; sin el apoyo, la amistad y el afecto de Monica Mercado no se mantendría en pie mi vida al otro lado del Atlántico; además del borrador de esta novela, con Laura Moure Cecchini he compartido casa, coche, libros que aún no existen, excursiones por la ruta 20, *brodaglia* y disgustos, y todo es siempre mejor con ella; Yang Song me acompañó en mil aventuras domésticas y me enseñó a escribir 零. Con mis estudiantes he pasado muchas horas hablando sobre historias de ficción, y Renee Congdon, en concreto, leyó este libro cuando era solo un proyecto.

Mis amigos (muchos hispanistas, algunos mariescos, todos muy queridos) de Londres, Madrid, Wellesley, Murcia, Menorca, La Pinilla, Santiago de Compostela y Ciudad de México son enamorados de los libros y se ilusionaron ante la idea de que este existiera. Con la generosidad que los caracteriza, Luis Castellví Laukamp, David Jiménez Torres y María Seguín me ayudaron en distintas fases. Con Nacho García Peña llevo veinticinco años bajando en estaciones comparadas. Algunos de estos personajes llevaban una década en un tren, y fue Gavin Russell quien primero supo de ellos. Mi amiga Charlotte Fereday me animó a que hablara con Sophie Hughes sobre la novela, y Sophie me presentó a Ella Sher, agente de ensueño. Así que ellas lo empezaron todo.

Decir que esta novela debe a Ella su arranque se queda muy corto; sin ella este libro sería aún un archivo de Word. Ella Sher se enamoró de esta historia y lo cambió todo al empujarla con un entusiasmo solo comparable con su eficiencia. A mi editora y aliada, Carolina Reoyo, que con su ojo clínico ha hecho que este libro sea mejor, y además ha velado por su imagen y difusión con buen humor y cariño. Si existe el *dream team* literario, son ellas dos.

A todo el equipo de Penguin Random House en España, y especialmente a María Fasce y Pilar Reyes, por la confianza. Mi agradecimiento también a los editores extranjeros que han acogido este libro antes de que se publique en español, a los traductores que están trabajando para que exista en otros idiomas, y a los scouts literarios y coagentes de Ella Sher, que lo han movido por medio mundo.

Hay dos grandes escritores a los que debo mucho: Javier Marías, *in memoriam*, porque su voz me embelesó y definió mi carrera; y Rosa Montero, torrente de energía y fuente de inspiración (tanto ella como su obra), porque hace años me animó a escribir ficción. Y, cuando lo hice, leyó borradores y me aconsejó con la generosidad y pasión que la caracterizan.

En esta historia aparecen palabras de diferentes escritores a los que admiro: los versos son de Robert Frost, Sylvia Plath y Hilda Doolittle. He tomado prestadas algunas frases del discurso de ingreso en la RAE de Carme Riera, que reflexionó de forma tan bella acerca de las islas, y de Elizabeth Strout, cuyo personaje Lucy Barton se pregunta por la suerte. La idea de que la literatura abre una herida y también la cauteriza es de Juanjo Millás.

Escribí la mayor parte de esta novela cuando volví a tener cerca a mis amigos de la infancia: Neila, Saioa, Elena y Alberto; y a Paqui y Ramón, que hicieron tantas paellas como domingos tiene un año. Muchas de estas páginas tomaron forma en la librería Pynchon & Co., donde siempre nos acogieron con sonrisas tanto a mí como a Isla, que durmió a mi lado todo lo que duró el proceso de escritura.

Agradezco a mi familia todo el apoyo y cariño. Mi padre me infundió el amor y la curiosidad por las islas y los misterios que contienen. Mi tía, por los viajes. Mi hermana siempre ha sido y será mi mejor cómplice; le debo todo lo que sé sobre los sueños, y también el que me haya acompañado en este proceso con su acostumbrada ilusión por mis aventuras. A Sarisú y Kike, porque la alegría ayuda mucho a escribir. La confianza de mi madre es motor de mucho o de todo; ella nunca duda, y seguí adelante gracias a esa ciega convicción suya, que es una fuente inagotable de energía para sus hijas.

A Andrés, primer lector. Esta novela salió del tintero y cobró vida gracias a su certeza de que yo podía contarla, y a su entusiasmo por conocer a estos personajes, que ya no son solo míos.

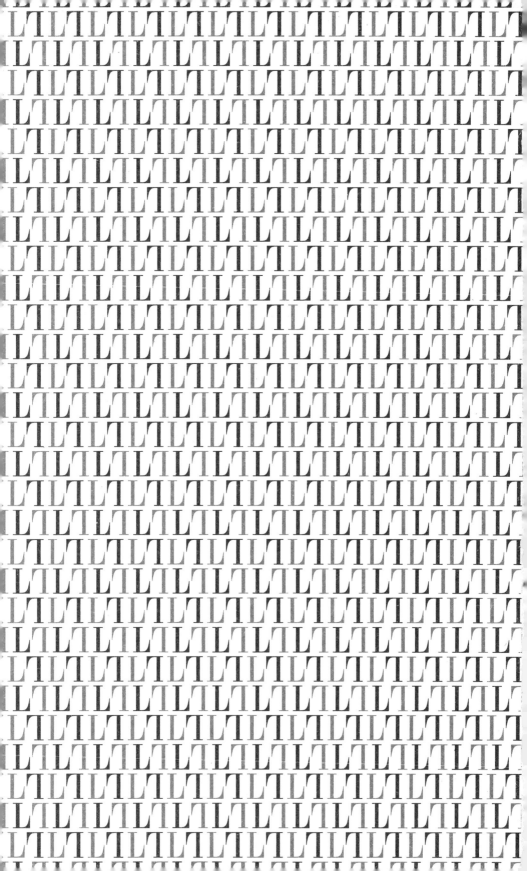